こんなにも面白い万葉集

山口博

PHP

こんなにも面白い万葉集 目次

第五章
防人の歌

第六章
男と女の間の歌

第七章

老境の歌

エピローグ

万葉万華鏡

万葉集というのは、たとえて言えば万華鏡（まんげきょう）のようなものだなあ。のぞき込んでぐるっと回すと、奈良時代の人々の様々な生き様が魅惑的に見えてくるんだね。何しろ有名な勅撰集の『古今集』は全二〇巻で、歌の数は約一一〇〇首だけなのに、万葉集は全二〇巻で歌数は四五一六首もあるんだから。

こんなにたくさんの歌があるので、歌の作られた年代も、五世紀の雄略（ゆうりゃく）の時代から始まって、大伴家持（おおとものやかもち）の歌った天平宝字（てんぴょうほうじ）三年（七五九）まで、およそ三〇〇年にもわたるんだ。

地域もバラエティに富んでいるよ。大和（やまと）の国（奈良県）の歌が最も多く、次いで多いのが日本海側の越の国（福井・石川・富山・新潟）の歌、そして大宰府など九州北部と続くね。北は陸奥（奥羽地方）、南は九州南部の薩摩の国（鹿児島県）の歌まであるよ。

異色なのは東国（主として関東地方）で、巻一四の一巻を使って東国の農民たちの歌「東歌」を二三八首も収めているんだ。そうそう、巻二〇に東国農民出身の防人の歌が九三首もあることを忘れてはいけないね。新羅との戦いに備えて派遣された草莽の人々の歌なんだから。

越の国の歌が多いのは、越中守として赴任していた大伴家持や国府の官人の歌があるからだけれども、それ以外にローカル的な民謡があって、万華鏡を引き立てているね。

こんなにバラエティに富んだ歌、しかも驚くべき程多数の歌を、編集者はどのように配列したかというと、そこが難しく、巻々により違うんだよ。相聞（主として恋の歌）、挽歌（死に関する歌）、雑歌（相聞・挽歌以外の歌）の三分類が基本形だが、四季の分類からなる巻もあれば、正述心緒（正に心緒を述べたる）、寄物陳思（物に寄せて思を陳べたる）など何だかわかりにくい分類でなされている巻もあるんだ。巻一七から二〇までは家持の歌を中心に、年月順に配列されているので、俗に家持歌日記などと呼ばれているね。

このように、巻により配列の部類が異なるということは、各巻々に別々の編者がいるということではないかな。

そうそう、肝心の歌人のことだね。柿本人麻呂・山部赤人・大伴旅人・大伴家持などは知られているが、聞いたことのない歌人も大勢だ。今奉部与曽布なんて読めないし知らないだろう。何、知っている！　イママツリベノヨソフだって？　その通り。あなたは戦中派だね。彼は東国出身の防人だ。太平洋戦争中、万葉集の代表歌として政府が大いにヨイショした「天皇に召された今日からは、我が身や一家のことなど顧みないで命を投げ出し、天皇をお守りする賤しい楯となって出征するのだ」と決意を歌った、

今日よりは顧みなくて大君の　醜の御楯と出でたつ我は　（巻二〇・四三七三）

の作者だったね。

歌人の人数は、数え方にもよるが、男女合わせておよそ一五二人はいる。天皇や皇室の方々、貴族たちは言わずもがな、東国の農民もいれば、遊行女婦もいる。路上で芸をみせて稼ぐ乞食者の歌など珍しいね。老いを嘆く老歌人、青春を謳歌する若者も

歌うね。

中国には女の漢詩人はほとんどいないが、万葉集に女性歌人の多いことは記憶しなければいけないよ。誰がいたかな。持統天皇、額田王、狭野茅上娘子、大伴坂上郎女などが有名かな。防人の妻すなわち東国農民の女も歌人として名を残したんだ。武蔵の国の宇遅部黒女とか服部呰女とか。日本の女性は昔から教養があったんだなあ。大伴坂上郎女などは歌数において万葉女性歌人のトップで、八四首も残している。彼女は大伴旅人の妹さ。

作者不明の歌も万葉集全四五一六首のうち約半数の二一〇三首もあるんだよ。巻七と巻一〇から巻一三までの五巻で、合わせて全一八九六首が作者不明の歌だ。

大切な文字のことを忘れていた。奈良時代にはまだ平仮名がなかったので、万葉集は全部漢字だけで書かれていたのだ。ヤマを山、カワを川、ウミを海と書くのはたやすいし、読むのも楽だ。それを夜麻、可波、宇美などとも書いたのだ。中には漢字一文字をクイズまがいに「山上復有山」などと書かれた歌もある。読める？　読めないだろうなあ。答えは「出」だ。どうしてそう読めるかは考えてごらん。

だから万葉歌を正確に引用すると、全部漢字を並べることになり、読むことは難しい。たとえば

和何則能尓宇米能波奈知流比佐可多能阿米欲里由吉能那何列久流可母（巻五・八二二）

というように。仮名交じりにすると「わが園に梅の花散るひさかたの天より雪の流れ来るかも」で、あの梅花の宴で、「わが庭に梅の花が散っているよ。空から雪が流れ降ってくるのかなあ」と雪のように白梅の散る様子を歌った大伴旅人の歌だ。

万葉歌で一番短い表記は、

春楊葛山発雲立座妹念（巻一一・二四五三）

で、たった一〇文字だ。これを引き延ばして三一字の、しかも歌にして読むのだから、難問クイズだね。ＡＩでもお手上げだろうね。答えは、

春柳葛城山に立つ雲の　立ちても坐ても妹をしそ思ふ

だ。「春の柳を蘰にする、そのかずらの名を持つ葛城山に湧きたつ雲のように、立っても座っても、妻のことを思うよ」という内容を凝縮させて、一〇文字で表現するとは、万葉歌人たちの文化度には、頭が下がるねえ。

それでこの本では、平仮名交じりに書くことにしたのだよ。それだけで、万葉集が読めましたということにはならない。何しろ古文で書かれ、「蘰」のように現在馴染みのない言葉もあるしね。「蘰」というのはつる草や草木の枝・花などを髪に巻き付けて飾りにしたものだ。

また、現在使われていない言葉があり、「ひさかたの」や「はるやなぎ」のような枕詞（まくらことば）あり、「春柳葛城山に立つ雲の」は「立ちても坐ても」の序詞（じょし）つまり飾り言葉があり、「妹をしそ」の「そ」は馴染みの古語で言うなら、係り結びの「ぞ」だが、国語の時間に悩まされた古典文法ありで、作者が抱いた広大なイメージを三一字という狭い世界に凝縮したために、それを解凍して作者のイメージを追体験するには、かなりの知識が必要等々、近づきがたくガードされている。

そこで初めて万葉集を読む人がガードを越えられるようにと、歌を引用する前に、現代語訳を置くことにしたんだ。

まだまだ話したいことはあるけれど、これが万葉集の概略だね。

おや、万葉万華鏡をのぞいているね。花咲く梅の木の下で盃（さかずき）を片手に歌を考えているのは、大伴旅人かな。元号「令和」ですっかり有名人になったね。万葉万華鏡をグルっと回すと、今度は激しく雪の降る冬景色、その中に紙と筆を持って立ち、遠くの山並みを見詰めているのは旅人の子の越中守家持だね。山並みは立山かな。おや、雪は雪でも富士山の雪、田児の浦から眺めているのは言わずと知れた山部赤人だ。赤人とくれば彼に並ぶ大歌人の柿本人麻呂だが、まだ見えないね。万葉万華鏡を回すと、居た居た、青馬を駆ってどこへ行くのかな。多分、石見の国、今の島根県だが、そこにいる奥さんと別れて都に帰るのだろうね。何だか縄文人か弥生人の家のような中に、寒さに震えながら塩をなめなめ水っぽい酒を飲んでいるのは、そうだ、「貧窮問答歌」の山上憶良だ。次は飛鳥の磐余の池だな。水面の鴨を眺めながら涙する貴公子がいるね。そう、万葉歌人の中で最も悲劇的な運命をたどった大津皇子だ。「大津皇子大好き！　皇子を殺した持統女帝は大嫌い」なんて万葉ガールの声が聞こえるよ。

万葉万華鏡をのぞいていたらきりがないね。何、その四五〇〇首もあるマンモス級歌集はいつ誰が作ったのかを知りたい？　そうだろうなあ。それでは、万葉万華鏡をのぞくのは一時中止して、その話から始めようか。これが難しいんだ。

万葉集はいつ、誰が作ったの？

万葉集成立論の昔と今

五十年前の高校の国語の時間、山口博先生が万葉集の話をしている。

「いいか。こう覚えるんだぞ。大伴家持は家を持っていたんだ。それで『家持』だ。家の前には庭があり、ナラの木が植わっている。秋になると葉が散るな。家持はホウキでたくさんのナラの落ち葉をかき集めたんだ。わかったか。何よくわからない？ホウキは『宝亀（ほうき）』で奈良時代末期の年号、ナラというのは樹木の『楢（なら）』と時代の『奈良』を懸けた懸詞（かけことば）だ。『たくさん』は『万』、『落ち葉』は『言の葉』で歌のことだ。かき集められたたくさんの落ち葉はつまり『万葉』。集められた落ち葉を数えたら四五一六枚。重さにして二〇貫。それを一貫ずつ二〇個にまとめた。ナラ時代のホウキ年間に、家持が四五一六首の歌をかき集めて作ったのが万葉集二〇巻だ。わかったか？　何、ごちゃごちゃしてかえってわからない？　ようするにだ、万葉集は奈良時代の終わりに、大伴家持が作ったということだ。よく、覚えておけ。試験に出すぞ」

しかし、家持がホウキで掃いて四五一六首を二〇巻にまとめたという定説は、揺らいでいるんだ。それは、「万葉集が現在の形になったのは平安時代だ」という説が提唱されたためだ。それを提唱したのは私なんだ。それを話す前に、今の万葉学者の代表者として阪下圭八氏による一般的解説を平凡社の『世界百科大事典』で見よう。

「《万葉集》はおおむね八世紀の全期間を通じて、各巻が積み重ねられ付加されてゆく形で成った。八世紀の初頭にそれまでの歌が、まず巻一・二にまとめられ、これが《万葉集》の原型となった。（中略）こうした《万葉集》の編集にもっとも大きくかかわっていたのが大伴家持で、おそらく八世紀末のころに形をととのえたと想定される。しかし最終的完成を平安朝期とみる説もある」

さてここで、山口博先生の万葉集形成の話をカルチャースクールで聞こう。

「万葉集が現在の形にできあがったのは平安時代で、菅原道真が綜輯者という奇説を出したのは、この山口です。家持のホウキはわかったが、どうして平安時代の天神様が綜輯者であるのかわからないと言われますか。それでは簡単に話しておきましょうか。『綜輯』というのは既にある原稿などを綜合し編集することです。

ホウキ末年から約一〇〇年後の九世紀の末に、菅原道真は『新撰万葉集』という歌集の序文を書き、その中に重要なことを述べています。原文は漢文なので略述しますと、手元にある万葉集を草稿と見た道真は、『万葉集の草稿には幾千の歌があるかわからない。文句錯乱し、文字は入り混じって区別し難く、書かれているのが漢詩なのか賦なのかもわからない難物だ』と言い、『それだから私は勅命を受けて綜輯し、さらに口から口に伝えられてきた歌をも合わせて、数十巻とした』とあるのです。

十二世紀にある貴族が、宮中の書庫を探ったら、万葉集についての何かが終了した時の宴会の記録が、ボロボロになって出てきたと言うのです。発見者は『本朝の勝事なり』と喜び、なお探すと道真に関する文書も出てきたというのです。道真の編集が終了時の宴会でしょうか。

道真の手元の万葉集草稿は、奈良に都が遷る前の藤原京時代にできた万葉集で、これが阪下さんの言われる現万葉集の巻一・二に当たる部分です。万葉集の最も古い部分は、藤原京の時代に呱々の産声を上げたのです。それで私が富山県の高岡市万葉歴史館設置準備委員長をしていた時に、廊下の壁に平山郁夫『高燿る藤原京の大殿』の陶板画を飾ったのです。奈良時代に生まれた家持が編集者であるはずはないですよね」

それなら撰者は誰？

それならだれが編集したのでしょうか。知りたいですね。昔から言われているのが、左大臣　橘諸兄、山上憶良、志貴皇子、舎人皇子、長屋王、太安麻呂、柿本人麻呂などです。こんなに複数挙げられているということは、誰にもわからないということですね。ホウキ末年から約八十年後、『新撰万葉集』より前ですが、清和天皇は侍臣に「万葉集はいつできたのか」と尋ねているのです。天皇でさえも知らないのです。いつできたか知らないくらいですから、撰者も知らないのです。

ああ、家持撰者説ね。平安時代には家持の名は出てきませんね。家持が編集者だと初めて言い出したのは、『新古今集』撰者の藤原定家です。理由は極めて簡単で、家持の歌が最も多いことと、巻一七以下巻二〇までが家持の歌日記みたいだからです。家持に定家、どちらも「家」で語呂合わせも面白いのですが。

成立といい撰者といい、難しい問題で断言はできませんが、こんなふうに考えられますか。藤原京の時代に万葉集と名付けられた天皇讃歌集が作られた。当時、個々の歌人の歌集もあり、口から口へ伝えられた歌を記した歌集もあった。どの歌集も歌の配列方法や部類も違っていた。それを平安時代の中頃に、誰かが一八巻を集め、古い万葉集二巻にプラスして二〇巻にしたのだと。

平安時代中頃としたのは、「万葉集二〇巻」と初めて記載されているのが、紫式部が仕えていた一条天皇皇后彰子(しょうし)に関する記事だからです。なぜ二〇巻に？　それは既にできている勅撰集の『古今集』が二〇巻だからです。万葉集が二〇巻だから『古今集』も二〇巻にしたのではなく、その逆ですよ。

平安時代成立説は、平安和歌研究者は賛成してくれますが、万葉研究者は冷淡ですね。その中で中西進さんが同じ意見であることは心強いです。

それでは、「万葉万華鏡」をのぞいて、万葉人の生き生きと躍動する姿を見ることにしましょうか。

第一章

酒の席の歌

酒なくて何の己が……

酒壺になりたい

大伴家持に比べて知名度の低かった父親の正三位中納言兼大宰帥大伴宿禰旅人は、元号「令和」の典拠となった梅花の歌群の序文作成者として、にわかに浮上した。だが、知る人ぞ知る、旅人は万葉歌人きっての大酒飲みだ。それは彼が「讃酒歌」と題して酒を讃える歌を連続して一三首（巻三・三三八〜三五〇）も詠んでいることからもわかる。

旅人は歌った、「なまなかな中途半端な人間であるよりは、酒壺になりたいよ。そうしたら、酒がしみ込んでくるだろうからね」と。

なかなかに人とあらずは酒壺に　成りにてしかも酒に染みなむ（巻三・三四三）

これは半端ない大酒飲みだ。彼は外務省の出先機関のような大宰府の長官で、九州全国の統括責任者でもあったから、多くの部下を抱え、人間関係の煩わしさもある。山上憶良のような、小難しい理屈をこねる部下もいる。これでは酒でも飲まなくっちゃ、勤まらんよ。ウィーッ。

酒飲みは東西古今同じようなことを言う。中国は三国志時代の呉の鄭泉という酒好きは、「俺が死んだら屍をかまどの横に埋めてくれい。土になりたや酒甕の土に」と言ったそうだ。

十一世紀から十二世紀にかけてのイラン詩人ウマル・ハイヤームも、

死んだら俺の屍は野辺に捨てて、美酒を墓場の土に振りそそいで。
白骨が土と化したらその土から　瓦を焼いて、あの酒甕の蓋にして。
（『ルバイヤート』岩波文庫）

と歌った。

酒を飲めば憂さも吹っ飛び、気分は浮き浮き。「この世で楽しけりゃ来世には、虫でも鳥でも、何にでもなってやるぞ」と歌う。

この世にし楽しくあらば来む生には　虫に鳥にもわれはなりなむ（巻三・三四八）

小杉放菴はヘビードリンカーの旅人のイメージを画いた。酒太りで布袋様のように胸はだけ、盃や小さな酒壺を前にする姿。中納言だ、大宰帥だなんていう威厳はどこへやら。酒好きの好々爺そのものだ。

有名な下戸歌人

大酒飲み旅人に対して、最も有名な下戸は筑前守山上憶良だ。旅人の下僚というところだが、酒に関しては鼻持ちならぬ下僚。飲み会の席上で堂々と歌うには、「私め憶良はもう帰りますよ。子供がパパ、パパと言って泣いているでしょうし、その子のお母さんも私を待っているでしょうからね」と。

憶良らは今は罷らむ子泣くらむ　そのかの母も吾を待つらむそ（巻三・三三七）

「イクメンぶりやがって。『そのかの母』だって？　カアチャンのことだろうよ。そんなら率直に『妻』とか『妹』と言えばいいじゃないかよ。賢人だよ、貴様は」

仕事のこと、仲間のこと、職場の不平不満、単身赴任の辛さなど、わいわいやって盃を交わしている時に、「カアチャンが待っているんでさあ」と座を立たれたのでは、いっぺんにシラケムードになろうというもの。

上司はますます飲みたくなるわけだ。旅人は盃を傾けながら、歌う。「利口ぶった口を利くよりは、酒を飲んで酔って泣く方がましらしいよ」。憶良への当てこすりか、それとも旅人の飲酒哲学か。

賢しみと物いふよりは酒飲みて　酔ひ泣きするしまさりたるらし（巻三・三四一）

だが、つい好い気になって「ああ、なんて醜いことよ。利口ぶって酒を飲まない人を見ると、猿に似ているぞ」は、きつい。

あな醜賢しらをすと酒飲まぬ　人をよく見れば猿にかも似る（巻三・三四四）

「よく見れば」というのだから、顔を近づけ酒臭い息を吐きながら歌ったのだろうが、これは上司としては言い過ぎ。憶良が猿に似ているわけではあるまいに。飲まない、飲めない部下だっていたはずだから、パワハラになるぞ。

パワハラだって、そんな事くそくらえだ。「言いようも、しようもないほど、きわめて貴いのは酒であるらしいよ」、酒だ、酒、酒！

言はむ術為む術知らず極まりて　貴きものは酒にしあるらし（巻三・三四二）

上戸の旅人と下戸の憶良、それでも彼らは無二の親友だった。

酒飲むべからず

大酒飲み旅人が亡くなって約二十五年後、とんでもない法律が公布された。曰く、

「農作の月には、田を作ることに勤めよ。魚と酒を食べるな。今より後は、王公以下は、神に供えるお神酒、病人の療養以外は酒飲むべからず」

この禁酒令の適用者は「王公以下」だから、天皇の孫をはじめ臣下・庶民は飲むべからずとは、実に馬鹿げた法律だ。

さらにもう一条、集会禁止令が出された。

「友人・同僚・遠近の親族が暇な時に訪問して集まる際には、まずお役所に届け出て後に許可を得よ」

禁酒令に集会禁止令。その理由は、酒を飲むと政治批判をするし、過ちも多く、酔乱して闘争するからだということ。

法律だからもちろん罰則がある。五位以上は一年間給与ストップ。六位以下は免職。それ以外の者は杖で打つこと八〇叩き。これは厳しい。事実この禁を犯して酒を飲み、中央官庁の従五位下の男は左遷、その息子と正六位上の男は流罪にされるという事件

も起きている。

幸いなことに万葉歌人が禁酒令に触れた話はないが、禁酒令下の宴会の歌があるのは奇妙だ。それを挙げよう。

お酒飲むなの御命令なれど

こちらは旅人の異母妹大伴坂上郎女宅の飲み会だ。盃を口にしながらある人は喜びを満面に浮かべて、「やれやれ、お役所は許してくださったぞ。これなら今夜だけの酒ではなさそうですな。これからも盃に浮かべたいから、梅の花よ、散ってくれるなよ」と上機嫌で歌った。

官(つかさ)にも許し給へり今夜(こよひ)のみ　飲まむ酒かも散りこすなゆめ　（巻八・一六五七）

「散りこす」の「こす」は希望を表すから、「散ってくれるなよ」と解した。この歌には「官にも許し給へり」の解説として、「都の街中で宴会することはならない。ただ近親者同士一人二人で飲んで楽しむことは許す」と歌の後に注が付されているから、禁酒令下のこぢんまりとした飲み会の歌だ。

盃に梅の花びらを浮かべて風流を楽しむのも、お役所の許可書が必要。何やら太平

洋戦争末期の酒の配給制度を思い出す。乱世はみんなこんな事。

この歌は大伴坂上郎女が「盃に梅の花びらを浮かばせて親しい人たちが集まって飲む風流が終わりになったら、花は散ってもいいわ」と歌った、

酒坏に梅の花浮けて思ふどち飲みての後は散りぬともよし

（巻八・一六五六）

に応えた歌だが、作者は記されていない。「どち」は同士。郎女の「飲んだ後は野となれ山となれ。今夜だけの楽しみさ」に禁酒令下の捨て鉢的な匂いを感じるのは、

私だけだろうか。

聖武の天平年間はまだよかった。大宰府にいた小野老が、奈良の都の栄えている様を「奈良の都はまるで咲き栄える花が輝くように、今は盛りなのだ」と、

あをによし奈良の都は咲く花の　薫ふがごとく今盛りなり　（巻三・三二八）

と讃え、旅人が酒を浴びるほど飲み、人々を集めて盛んに飲み会を開いていたのも天平年間のこと。旅人の時代は太平な天平、その後に訪れた天平勝宝年代は禁酒令に集会禁止令の暗黒時代。治安維持法の施行された昭和の暗黒時代の前の大正ロマンが天平時代だ。

ナンセンスな歌を作れ

大伴旅人が大宰府で「酒壺になりたや」などと歌っていた頃の、中央政府のトップは一品知太政官事舎人親王だ。「一品」は臣下で言うなら一位、「知太政官事」は後の太政大臣。天武皇子で家柄といい官位といい、最高のお方で、『日本書紀』編纂者としても知られている。そのお方が宴席で、「意味の通じない歌を作った者には、褒美として銭や絹布を取らせるぞ」と仰せられた。

意味の通じない歌？　意味の通じる文を書くのも難しいが、通じないとくると、なおさら難しい。だが、直ちに手を挙げたのが、安倍子祖父。雑用を仕事とする下級職大舎人だ。

子祖父の披露した歌は「妻の額に生えた双六盤の大きな牡牛の鞍の上の腫れ物」だ。

吾妹子が額に生ふる双六の　牡牛の鞍の上の瘡　（巻一六・三八三八）

意味がないなら解釈の仕様もないが、それを承知で訳した。牡牛が鞍擦れを起こして、鞍の下に腫れ物なら意味が通じて、それではダメ。だから「鞍の上」か。

さすがに一座の者も、意味付けはできなかっただろう。誰だ、俺の女房の額には、角が生えているなどと言う奴は。

子祖父は賞金稼ぎに、もう一首作った。夫が妻の事を歌ったのに対して、今度は妻がやり返す歌だ。「うちの人のフンドシは丸い石なの。それの採れる吉野の山からは、氷魚がぶら下がっているわ」と。

わが背子が犢鼻にする円石の　吉野の山に氷魚そ下がれる　（巻一六・三八三九）

「犢鼻」というのは男性用下袴のこと。わかりやすく言えばフンドシ。フンドシを締めた形が犢(こうし)の鼻の形に似ていることから付けられた漢語だそうだ。「うちの人がフンドシにする」、この辺りから、子祖父は一挙に意味不通に突っ走る。吉野の山に氷魚が下がっているというのだから。氷魚はアユの稚魚で宇治川が名産地。吉野川ならまだしも、山とは！　なるほど、これは確かに支離滅裂、意味不通の歌だ。

子祖父の奇知に感心した親王は、約束通り褒美として銭二千文を与えたという。一文六〇円で換算すると、三六万円！　腫れ物とフンドシの歌で三六万円投げ出すとは、さすが皇族様。

さて私には、万葉集には登場していない一人の男を、ここのテーブルの片隅に置きたい衝動に駆られる。だいぶ酒の廻っているその男は、やっかみ半分に、ブツブツ呟(つぶや)いてケチをつけている。「この歌、意味不通ではねえよ。フンドシの下には丸い山のようなものが二つあるでねえか。その間からブラリと魚のようなものが一本下がっているでねえかよ」と。

市の酒場で歌合戦

五題噺に拍手喝采

官庁街のある平城宮からかなり離れた平城京八条の市の酒場、下級役人や庶民の住居がある街中だ。アフターファイブともなると、下っ端役人どもがワイワイガヤガヤ。歌の後に書かれている注、これを左注というが、この歌の左注を参考に、その場を再現してみよう。

禁酒令など施行されていない頃、時間を忘れて酒を楽しむうちに、はや時刻は夜中の十二時。この騒ぎに釣られてか、橋の辺りで狐が「コーン」と啼いた。

「いやぁ、狐が啼いたぞ。これを肴に、歌を詠もうか」

「それなら、こういう歌が得意な長忌寸意吉麻呂だね。意吉麻呂、どうだい。コーンだけでは易し過ぎるから、ここに並んでいる饌具（食器）、雑器（用具）、それに狐の啼いた橋、橋の掛かっている河なども詠み込めよ」

「おう、造作も無いこと。饌具は柄と注ぎ口のついたお燗用の鍋、雑器は飯櫃と箸でいくか」

しばし思案の意吉麻呂。たちまち「さてさて一座の皆さん方よ、お燗用の柄付き鍋に湯を沸かしなさい、櫟津の檜橋より来る狐奴に、湯を浴びせてやろうではござんせんか」と歌った。

さし鍋に湯沸かせ子ども櫟津の　檜橋より来む狐に浴むさむ（巻一六・三八二四）

この歌には詳細な左注が付いているので、それに基づいて飲み会の場をバーチャルリアリティーで再現した。

天平の芸達者には、この歌の意味がたちどころに理解できたらしいが、私たちには、何やらさっぱりわからない。絵解きをしよう。

この種の座興の歌の出来不出来は、いかに巧みに与えられた様々な品物を詠み込んだかだ。意吉麻呂の与えられた品物は、狐の鳴き声、食器、用具、橋、河の五つ。落語にお客から連関性のない三つの題を貰って、それを折り込んで即興的に落語にする三題噺があるが、意吉麻呂の場合は五つ。これは難しい。

わかりやすいのは、まず狐の鳴き声の「コーン」で、第四句の「来む」、饌具はお

左注	歌	注
饌具	さし鍋	食器
河	櫟津	地名（大和郡山市）
雑器	櫟津	櫃
橋	檜橋	檜製の橋
雑器	橋	箸
狐の声	来む	コーン
狐	狐	

燗用の鍋が第一句の「さし鍋」で、箸は言うまでもなく第四句の「橋」。これらは説明不要だろう。難しいのは櫃で、ヒとツに分解して「櫟津」（イチヒ・ツ）に巧みに隠されている。ついでに「津」は船着き場だから「河」だ。

櫟津は奈良県大和郡山市櫟枝町付近。金魚で有名な大和郡山市で平城宮跡からずいぶん遠い所と思うが、あの辺りが平城京の南端の九条で羅城門があり、八条の市からは遠くない。

飲んだくれたちは、狐肉のシャブシャブでさらに一杯飲むつもりか。これはたまらん、狐は一声啼いた、「もう、ここへはコーン」と。

パロディー咋鳥文

天平戯れ歌歌人意吉麻呂の歌は、見た目には平凡であっても、思わず失笑させる奥深さがある。

出典：林良一『シルクロード』時事通信社（エルミタージュ美術館蔵の原画は一部破損しているが、林氏が修正）

「白鷺の木を銜えて飛ぶのを詠める」と題した歌もそうだ。

正倉院宝物にふんだんにみられるモチーフで、鳥が枝や花あるいはネックレスなどを銜えている模様があるが、これが咋鳥文だ。ペルシャン・モードと呼ばれ、ペルシアで流行し、シルクロードを通って唐や新羅へ、唐または新羅から日本へ伝播してきた流行模様である。図はシルクロードに位置する中国クチャのキジル石窟に画かれた咋鳥文だ。

ある歌人は「春霞の漂う中を、柳の枝を銜えて鶯が鳴いているよ」と、

春霞流るるなへに青柳の　枝喰ひ持ちて鶯鳴くも　（巻一〇・一八二一）

と、スマートに歌った。

このような歌を、酒席の人たちは考えていたのだろう。ところが意吉麻呂の手にかかると、「池神が演じる力士舞だろうか、白鷺が桙を銜えて飛び渡っているのは」と戯画化されてしまった。

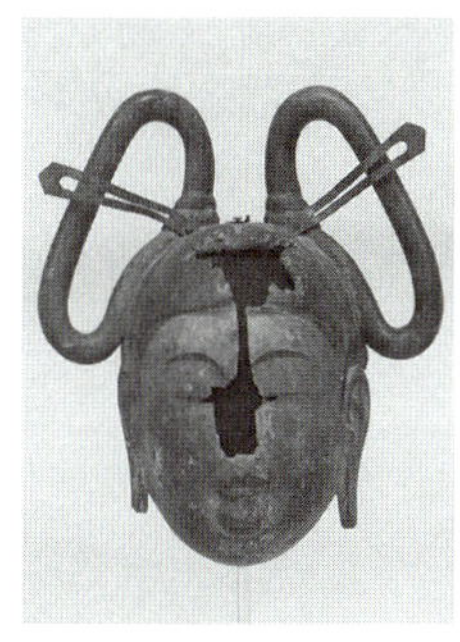

伎楽面　呉女

伎楽面　崑崙

伎楽面　力士

（東京国立博物館蔵　Image:TNM Image Archives）

池神の力士舞かも白鷺の　桙啄ひ持ちて飛び渡るらむ　（巻一六・三八三一）

どこが戯画なのかと言われるか。力士舞を知らないから怪訝な顔をなさるのだ。力士舞というのは、聖徳太子の頃に渡来してきた伎楽という仮面劇の演目の一つである。力士舞は奈良時代の大仏開眼供養でも上演された。呉女、崑崙、力士の三人が登場し、野獣のような顔つきの崑崙が美人の呉女に懸想するのだ。

崑崙の所作がユーモラスで、芸能書には、崑崙は「終ニハ扇ヲ使ヒ、マラカタヲ拍キテ懸想スル由ス」とある。マラ形が何であるかは読者の知識の見せどころ。崑崙役は巨大なイミテーションを腰に着けていて、それを扇で叩く所作をするのだ。

そこに赤黒面の好色壮年男の力士が桙を持って

登場、力士は崑崙のマラカタに縄を結び付けて引っ張って打ち折り、桙に縛りつけて舞う。これが力士舞だ。

白い鳥は赤黒い力士に、銜えている木はマラカタを付けた桙にそれぞれ変貌、意吉麻呂の頓智振りに、人々は拍手喝采したに違いない。

ゾーッとする歌

三題噺に六題噺、マラ振り歌にフンドシ歌と、笑い声と喝采で賑わう場末の酒場も、夜が更けると何とやら寂しい雰囲気。締めはゾーッとする歌といくか。

まずは「神々の住む天界にある神楽良（ささら）の小野（おの）で茅（かや）を刈り、草を刈っているときに、鶉（うずら）が突然飛び出したよ」だ。

天（あめ）なるや神楽良（ささら）の小野（をの）に茅草（ちがや）刈り　草（かや）刈りばかに鶉（うづら）を立つも（巻一六・三八八七）

天界で草刈りしているのだから、その男は死んで肉体はこの世で消滅し、霊魂は昇天したのだ。霊魂はあの世では現世同様の生活をするという。草刈りもするのだろう。草を刈っていたら突然鶉が飛び立ち、霊魂はびっくり仰天、人間世界で言う魂消た！　霊魂が消えれば黄泉帰りは不可能、人は死んでも魂があれば蘇ると信じている人間どもにとっては、これは怕ろしい話。ゾーッとしないかい。

それなら怕ろしい話の第二話を。

「黄泉の国の王の乗る黄色塗りの屋形船が、黄泉の神々の護る海峡を通って行く」は、どうだろう。

奥つ国領く君が塗屋形　黄塗の屋形神が門渡る　（巻一六・三八八八）

前の歌が天界の歌なら、お次は海の遠くにある国。その国は、海の彼方の常世の国だ、いや黄泉の国だと色々説があるが、どれにしても死者の行く国で、黄色塗りの船が行くなら黄泉の国か。「領く君」は黄泉の国の支配者で、神話ならスサノオ、仏教ならエンマ大王、一般に言う死神だ。船には死者も乗っているのだろう。福岡県の珍敷塚古墳の壁画を思い出す人もいるだろう。やがてお前もこの船に乗るのだぞ。ああ怖！

死神はどんな色？　死神の色はわからないが、人魂は青色だそうな。第三話は人魂に出遭った歌。
「人魂のような真っ青な貴方に、たった一人で出遭った雨降る夜の恐ろしいことよ」と、

人魂（ひとだま）のさ青（を）なる君がただ独り　逢へりし雨夜（あまよ）の葉非左（はひさ）しそ思ほゆ

（巻一六・三八八九）

これは恐ろしい。しとしと雨降る夜に幽霊に遭ったようなものだ。唐の詩人元稹（げんじん）も「雨夜ノ鬼神恐ロシ」と作っている。だが肝心の「葉非左」の意味がわからない。わからないからかえって恐ろしい？　なるほど、そういう考えもあるね。仮に「恐ろしい」と訳したのだが。

飲み会を終えた下っ端役人たちは、恐ろしい歌に慄（おのの）きながらも、暗闇の中に消えていく。明日の男の戦いに備えて。

第二章

宮仕えの歌

春日野レジャーランド

春日山とその山麓の春日野は、官庁や住宅地からも近い。都人にとってはハイキングに最適の地で、いわばレジャーランドだ。「春日野の茅(ちがや)の上で親しい友人と遊ぶ今日を忘れることができようか」と、

春日野(かすがの)の浅茅(あさぢ)が上(うへ)に思ふどち　遊ぶ今日の日忘らえめやも　(巻一〇・一八八〇)

という歌もある。奈良貴族の遊びだから、陽光の下、酒宴を開き、歌を作ったりしたのだ。作者の名はわからないが、貴族の一人だろう。「思ふどち」は親しい仲間のこと。

日よ暮れてくれるなよ、「春の野で憂さ晴らしをしようと、気心知れた仲間とやってきた今日の日は、暮れないで欲しいなあ」。

春の野に心展べむと思ふどち　来し今日の日は暮れずもあらなむ

（巻一〇・一八八二）

「心展べむ」すなわち気晴らしをというのだから、勤めのストレスか、ままならぬ恋か、金銭問題か、とにかく何かの鬱憤があるのだ。酒場での憂さ晴らしよりは健康か。暮れたらどうする？　暮れたら野で寝ればいいじゃないかと、「春の野にスミレを摘もうとしてやってきた私は、野に親しみを感じて、一夜寝てしまったよ」と歌うのは、山部赤人だ。

春の野にすみれ摘みにと来し我そ　野をなつかしみ一夜寝にける

（巻八・一四二四）

クリケットにうつつを抜かして

正月の気分も抜けきれない初春の日、大勢の若手皇族や貴族が、心展べむと春日野レジャーランドにやってきて、打毬を楽しんでいた。打毬はクリケットのように、ステッキで打つ競技である。どうも勤務中にサボってやってきたらしい。

興奮のさなか、一天にわかにかき曇り、雨が降るや否や雷鳴に稲光。雷鳴の激しい時には、武官は弓矢を持って宮廷を警護しなければならない。

ところがその人たちが、弓矢ならぬステッキを持って、ボールを追っかけ回している最中。勤務怠慢ゆえに、勅命により全員禁足処分。処分を受けたある人が、心晴れ遣らずこの長歌を作ったという。

その長歌は全三四句からなる。勅勘(ちょっかん)を受けて処罰されるという深刻な内容を歌うのだが、春うららかな春日山の風景からのんびりと歌い始める。

「葛が這い広がる春日山は、春がくると山の上に霞が棚引き、高円山に鶯が鳴く。文武百官たちは、北へ帰る雁が次々にやって来るこの頃」

真葛延ふ　春日の山は　打ち靡く　春さりゆくと　山の上に　霞た靡き　高円に
鶯鳴きぬ　もののふの　八十伴の男は　雁が音の　来継ぐこの頃

「このようにいつもと変わらなければ、仲間と一緒に遊び、馬を並べて行くはずの里だったのに。待ちに待った春なのに」

かく継ぎて　常にありせば　友並めて　遊ばむものを　馬並めて　行かまし里を
待ちがてに　わがせし春を

「思うだけでも恐れ多く、申すのも恐れ多いことになろうと予め知っていたならば」

かけまくも　あやに畏く　言はまくも　ゆゆしくあらむと　あらかじめ　かねて知
りせば

「千鳥鳴くあの佐保川で、岩に生えた菅の根を採り、忍草としてお祓いをし、流れる水で禊をすればよかったものを」

千鳥鳴く　その佐保川に　石に生ふる　菅の根採りて　しのふ草　祓へてましを　往く水に　禊ぎてましを

「天皇の御命令を恐れ多いこととして慎み、大宮人たちは道にも出ることなく、春の野山を恋い慕っている此の頃だよ」

大君の　御命恐み　ももしきの　大宮人の　玉桙の　道にも出でず　恋ふる此の頃
（巻六・九四八）

これで長歌は終わりだが、勤務怠慢反省ではなく、降雨・雷鳴・稲妻という天帝の警告を受けたときに、罪を祓い流すことをすればよかったというのだ。それをやらなかったばっかりに、禁足処分。長歌の後に添える短歌を反歌というが、反歌ではいささか不満の念を披露する。「ももしきの」は大宮に掛かる枕詞。「梅や柳の盛りが過ぎるのが惜しいので、佐保の春日野でちょっと遊んだだけなのに、宮廷内に轟き響くほど騒ぎ立てやがって」と、

梅柳過ぐらく惜しも佐保の内に　遊ばむことを宮もとどろに（巻六・九四九）

マスコミが騒ぎ立てるから、こんなことになってというところか。ここにも、マスコミ嫌いの政治家がいた。

せまじきものは宮仕え

遊んでいていいのか！

梅の花の季節に、春日野レジャーランドでウロチョロ遊び回っている官僚を非難した人がいた。「あいつら大宮人は暇があるのか、梅をかざして集まりやがって」と、

ももしきの大宮人は暇あれや　梅を插頭してここに集へる（巻一〇・一八八三）

豊島采女は一八八三歌が「大宮人は暇があるのか」と疑問形で歌うのを、直接的にズバリと、「大宮人は暇がないので」と言い切るのだ。「大宮に仕える人は、今日も暇がないので、里にさえ行かないでしょうね」と、

ももしきの大宮人は今日もかも　暇を無みと里に去かずあらむ（巻六・一〇二六）

と歌った。八月の宴会で紹介された歌だと言うが、八月は農繁期に当る。お役人たちには、本籍地に妻子などがいる生活の場があり、規則では、農繁期には十五日間の休暇を取って本籍地の家に帰り、農作業に従事することができるのだ。それなのに、仕事が忙しくて休暇も取れない。采女は地方出身だから、農繁期の里を思い遣り、農繁期に帰郷できない下級役人に同情しているのだ。

新婚早々長の出張

新婚早々のその男は、遠国に派遣された。一人残された新妻は嘆き悲しみ、遂に病の床に臥す身となった。数年後に夫が帰宅してみると、妻は痩せ衰え、声も出ないほ

どだ。夫も涙を流し、歌を作り口ずさんだ、「このようにはかない縁であるのに、猪名川の沖が深いように、心深く私は思っていた」と。

かくのみにありけるものを猪名川の　奥を深めてわが思へりける

（巻一六・三八〇四）

「猪名川」は兵庫県に発し、大阪湾にそそぐ川で、夫が猪名川を「奥を深めて」の枕詞にしているのは、出張先が播磨の国だったのだろうか。

妻は枕から頭を挙げて返歌をした。「黒髪も濡れて泡のように溶けやすい沫雪の降るのに、お出でになったのですか。ひどく私が恋うているので」と、

ぬばたまの黒髪濡れて沫雪の　降るにや来ます幾許恋ふれば

（巻一六・三八〇五）

夫の歌は、妻が死んでしまっていてこそ、相応しく思われる。妻の歌の「ぬばたま」は檜扇または烏扇と呼ばれる植物で、種子が黒いので、「黒」「夜」などの枕詞となるのだが、「ぬばたまの黒髪」というのは、女の黒髪の表現だ。だから床に臥している妻の黒髪に沫雪が降りかかると解するのが常識だ。夫が留守の間にあばら家となり、屋根も壊れ、雪が降り込んでいるのか。

夫の歌と合致させると、妻は既に死亡、亡骸に雪降り積もる状態となる。死んだ妻が返歌？　つまり亡霊となって現れたということになる。江戸時代の作家上田秋成の『雨月物語』の「浅茅が宿」のように。

勤務をさぼってボールを追う高級官僚もいれば、妻のいる里に帰ることもできずに、せっせと働く下級役人や新婚早々の出張の挙句新妻を死亡させてしまう下っ端役人もいた。あまつさえ過労自殺する可哀そうな官僚もいる。明日はわが身のサラリーマン社会だ。

奈良時代にも過労の余りに首を吊って自殺した下っ端役人がいた。なぜ自殺を？下僚の追い詰められた心奥を理解できない上司だが、哀惜の念を歌った。

下っ端官僚の過労自殺

重労働の班田使

京・畿内担当の班田司が任命された。「班田」というのは班田収授法のことで、国家が農民に貸し出す田すなわち口分田から税を徴収する法である。班田司は庶民に口分田を貸し出す仕事をし、戸籍と家族実人数の照合、新たな土地確保、それらの記録などの仕事を担当する。

口分田拡張のための新たな土地確保には、時には皇族や上級貴族、寺社など、お偉いさんの私有地を削ったり、取り上げたり、あるいは他に移したりなどをしなければならない。この交渉に当たる窓口が、下っ端の班田史生だ。

お偉いさんが簡単に承知するわけがない。山城の国に班田使を派遣する予定だったが、都に近接した山城の国は、お偉いさんの私有地が多く、妨害がはなはだしいので、派遣中止になったこともある。

貴族の荘園

班田拡張のために班田使が折衝に苦労する貴族の荘園は、正倉院に残る荘園地図などによると、かなりあった。大伴坂上郎女も少なくとも二か所は所有していた。竹田の庄と跡見の庄だ。

竹田庄は今の橿原市東竹田町だという説がある。奈良の都からは遠くない地だ。そこに郎女は行って自ら稲刈りをしたと言う。「わずかばかりの田をうまく刈れずに番小屋にいると、都が思われるのだよ」と嘆きの声を上げる。

然(しか)とあらぬ五百代(いほしろ)小田(をだ)を刈り乱(みだ)り　田廬(たぶせ)に居(を)れば都し思ほゆ　（巻八・一五九二）

竹田の庄にいて、九月に詠んだ歌だ。「然とあらぬ」はしっかりとあるわけではないの意で、たいして広くはないということ。そのわずかな田の面積が「五百代(いほしろ)」だという。「代(しろ)」は面積の単位で、五百代は一町すなわち約一ヘクタールだから、貴族の荘園としては小さく、確かに「小田」だ。実際にそうとは思われず、彼女の謙遜だろう。自ら稲刈りをしたというのも怪しいが、使用している農民監督方々番小屋に寝泊まりしたことは確かだ。

跡見にも荘園を持っていたことが、そこから都に居る娘の大伴坂上大嬢(おおとものさかのうえのおおおとめ)に送った歌の題詞からわかる。郎女は大嬢の寄こした歌の返歌として長歌を作り、その反歌で「朝の髪が乱れるように、貴女の心も思い乱れて、このように母を恋うるからこそ、私の夢に貴女が見えたのだ」と歌った。

朝髪の思ひ乱れてかくばかり　汝姉(なね)が恋ふれそ夢(いめ)に見えける　（巻四・七二四）

竹田の庄でも大嬢を思う歌を二首詠んでいるが（巻四・七六〇、七六一）、何が心配なのか。天平十一年（七三九）六月以前に側室を失った家持は、秋八月に竹田の庄にいる叔母の大伴坂上郎女を訪ねている。わざわざ荘園にいる坂上郎女を訪ねたのは、坂上大嬢との結婚の話で、それで大嬢は悩んでいるのだろうか。

それはともあれ、家持も河内の国に五五町の荘園を所有していた。都近くに荘園を持つ大伴氏は、やはり古代からの大貴族だ。班田使は大伴氏の荘園に眼を向けなかっただろうか。

芹を摘み女に贈る班田長官

妨害の多い厄介な山城の国班田長官に任ぜられたのが、正四位下葛城王、後に左大臣にまでなった橘諸兄だ。

その葛城王は口では多忙な日々だと、「あかねさす昼は田賜びて」と歌っているが、夜になると何と女に贈る芹を摘んだという。「昼は口分田を班ち賜る班田の仕事をし、夜の暇に摘んだ芹がこれなんです」と歌う。

あかねさす昼は田賜びてぬばたまの　夜の暇に摘める芹これ（巻二〇・四四五五）

「あかねさす」は茜色に日がさすということから「昼」の枕詞。「ぬばたまの」は「夜」

の枕詞で、前に説明した。

さて葛城王、暗闇の田に入ってガサゴソ芹が摘めるとは思われず、実際は昼間摘みながら、勤務時間外だということにしたのか。

贈られた女は元明女帝に仕えていた薛妙観命婦で、女は驚いた。男は天皇の血を引き光明皇后は異父妹にあたるトップクラスの貴族だ。立派な人物なので仕事に精を出しておられると思ったのに、田に入り、四つん這いになって芹を摘んでいるとは。「立派なお方と思っておりましたのに、大刀を佩いて蟹のように綺田の田の中をゴソゴソと這い回って芹をお摘みなさるとは!」

大夫と思へるものを大刀佩きて　かにはの田居に芹ぞ摘みける

(巻二〇・四四五六)

「かには」は山城の国、現在の京都府綺田の地で、木津川東岸の山裾にあり、そこで班田の仕事をしているのである。「蟹」を掛けているのか。遊び半分のエリート班田使に痛烈なパンチを食らわせた態だ。

班田史生の過労自殺

高級班田長官は女に贈る芹をせっせと摘み、下っ端班田史生には自殺する者も出た。摂津の国の史生　丈部竜麻呂（はせつかべのたつまろ）である。上司の班田判官大伴三中（みなか）は、自殺した竜麻呂の気持ちがわからぬとして「いかさまに　思ひいませか」「時ならずして」と首をひねりながら、自殺を悼む挽歌を作った。

三中は先ず、故郷を雄々しく出発する竜麻呂の姿を描く。「雲の果てまでの広大な国土のモノノフと言われた人は」と。

天雲（あまくも）の　向伏（むかふ）す国の　武士（ますらを）と　言はゆる人は

「天皇の宮殿の外の御門を立ち守り、宮の内にも仕え奉り、美しい葛（かづら）が長いように、行く末長く先祖からの家の名を辱（はずかし）めず継承するのだと、家族に誓って故郷を出発した日から」

皇祖（すめろき）の　神の御門（みかど）に　外（と）の重（へ）に　立ち候（さもら）ひ　内（うち）の重（へ）に　仕へ奉（まつ）り　玉葛（たまかづら）　いや遠長（とほなが）く　祖（おや）の名も　継（つ）ぎゆくものと　母父（ははちち）に　妻（つま）に子等（こども）に　語らひて　立ちにし日より

「母親は、神聖な瓮を前に据えて、一方の手には白布を長く割いた木綿を神への供え物である幣として持ち、もう一方には和栲を捧げ持ち、我が子が事もなく、幸せでありますようにと、天神・地神に祈り」、

垂乳根の　母の命は　斎瓮を　前にすゑ置きて　片手には　木綿取り持ち　片手には　和細布奉り　平らけく　ま幸くませと　天地の　神祇を乞ひ禱み

「いつの日か、ツツジの花のような若く美しいあの子が、オシドリのように波を越えて帰ってくるかと、立ったり座ったりしながら待っていたわが子は」

いかならむ　歳の月日か　躑躅花　香へる君が　牛留鳥の　なづさひ来むと　立ちてゐて　待ちけむ人は

「牛留鳥」は原文にこうあり、仮にヲシドリとよんだが、訓も意味もよくわからない語で、ニホドリと訓み、鳰（カイツブリ）とする注釈書もある。この語のように、万葉集には今の何に当たるかわからない動植物名が幾つかある。「都万麻」（巻一九・

四一五九)、「葦附」(巻一七・四〇二一)、「容鳥」(巻三・三七二、他)など。

「これも天皇の御命令とあって畏み承り、光り照り輝く難波の国で、幾年もの間、白い衣も洗濯をして干す暇もなく、着た切り雀になって、朝から晩まで働きづめに働いていた真面目人間が」

大君の　命畏み　押し照る　難波の国に　あらたまの　年経るまでに　白栲の　衣も干さず　朝夕に　ありつる君は

「どのような考えに陥ったのか、現実の惜しいこの世を、露霜のようにはかなく消え去ってしまったよ。死ぬべき時でもないのに」

いかさまに　思ひいませか　うつせみの　惜しきこの世を　露霜の　置きてゆきけむ　時にあらずして

(巻三・四四三)

瓮を据え木綿垂を手に、正式な祈禱を行うことのできる身分の家だから、地方の豪族クラスだ。その子弟の竜麻呂は、地方の大学である国学で学んだ知識人であり、読み書きの能力を買われて、三年任期の臨時雇用の衛士から、正式雇用の史生になったのだ。下級といえども律令官僚組織の中の一員で、従者も一人付く。地方出身としては出世頭というところか。史生は八年毎の勤務評定により叙位もされる。

史生に任ぜられた喜びはあったが、班田史生として、過重労働を強いられた。題詞には「摂津国の班田の史生丈部竜麻呂の自ら経き死りし時に」とあるから、首をくくって自殺したのだ。

過重労働でも薄給の身

竜麻呂は上司の三中よりも仕事の最前線に立たねばならない。昼は検地や上層貴族や庶民との折衝、夜は基本台帳や中央政府への報告書の作成。洗濯どころか寝る暇もなかったのだろう。

こんなに働いても、給料は日当の一〇文。現在の価格に換算すると、六〇〇〇円ほど。ところが芹を摘んでいようと、遊んでいようと、長官以下のお偉方には特別手当が付く。因みに葛城王は正四位下という位に付いた手当と左大弁の役職手当にプラスして班田長官には絁や布などが支給される。当時は現物支給だから、これらを合計して大雑把に換算すると、一〇〇万円から一五〇〇万円ほど。

班田使は仕事柄出張が多いが、さすがにその出張旅費だけは史生にも付く。長官には日当として稲七束三把、約一万円強、史生は一束五把で二五〇〇円ほど。働いても働いても、竜麻呂は潤わなかった。

低賃金に肉体的疲労と仕事のストレス、残された道は自殺しかなかったのだ。その苦悩は、官僚は真面目に務め出世するのが目的と考えている三中には、理解できなかった。三中は地方豪族や家柄の良くない人が任ぜられる外従五位下から脱して従五位下になり、長門守など、しかるべきポストに就けたのも、真面目な勤務と努力の結果だったのだ。

竜麻呂は自殺した。「何時帰ってくるだろうかと待っている妻に、言葉も残さず死んでしまったあなたよ」と、反歌は歌う。

何時しかと待つらむ妹に玉梓の　言だに告げずゆきし君かも　（巻三・四四五）

「玉梓」は「使い」の枕詞だが、作者は使いの意で「言」に掛かる枕詞として使用している。

ああ「せまじきものは、宮仕え」、文楽や歌舞伎の『菅原伝授手習鑑』寺子屋の段で、我が子を手にかけて殺した松王丸のセリフである。戦中の上演では、「宮仕えは、ここじゃいやい」と改作させられたという。「せまじきものは、宮仕え」か「宮仕えは、ここじゃいやい」か。現代の宮仕えの貴方はどちらを採りますか？

悲喜こもごもの遣唐使

シングルマザーの一人っ子

天平五年（七三三）四月、第九次遣唐使船四隻が、総勢五九四人を乗せて、難波の御津（みつ）の港を出港した。一行の中に一人っ子がいた。母親は子どもとの間柄を鹿の親子に見立てている。鹿は雌鹿のみで子を育てるから、鹿と同様にシングルマザーの子であろう。この歌の原風景をそのように考えたい。

見送る母親は涙ながらに、子のために長歌を作った。「秋萩を妻として求める鹿は、子は独りだという。私は鹿ではないのに子は独り。そのような一人っ子が遣唐使として旅立つの」と歌い始める。歌中の「草枕」は旅の枕詞だ。

秋萩を　妻問ふ鹿こそ　独子に　子持てりといへ　鹿児じもの　わが独子の　草枕
旅にし行けば

残された私は、「竹珠をたくさん注連縄から垂れ下げ、聖なる瓮に木綿を垂れ、神祭りの場を造り、お祈りするの、可愛い我が子よ、無事でいてねと」。

竹珠を　しじに貫き垂り　斎瓮に　木綿取り垂でて　斎ひつつ　わが思ふ吾子　真
幸くありこそ
（巻九・一七九〇）

長歌の後に置かれた反歌が感動的で、母の子に対する思いはこうかと、思わずホロリとさせられる。「旅人が野宿する野に霜が降ったら、私の子を羽根で包んでやっておくれ、空行く鶴よ」、

旅人の宿りせむ野に霜降らば　わが子羽ぐくめ天の鶴群
（巻九・一七九一）

「鶴」は普通語ではツルだが、歌ではタヅと訓む。今は四月だが、大陸の野を行く頃

は霜が降りる季節かもしれない。「羽ぐくめ」は羽で包むことで、「育む」の語源だ。「焼野の雉、夜の鶴」という言葉がある。雉は巣を営んでいる野原を焼かれると、わが身を忘れて子を救おうと巣に戻り、巣籠る鶴は、霜の降る寒い夜には自分の翼で子を覆い暖めてやるところから、母性愛の切なることの喩えだ。「わが子羽ぐくめ」はまさに夜の鶴の思いであり、実に母親の情愛がにじみ出ている。親一人、子一人であれば、余計に悲しみが湧く。

同じ時の遣唐使の中に、もう一人親子涙ながらの別離がある。これもシングルマザーの一人っ子のような感じがする。その名は阿倍老人、「老人」は名であって、年寄りということではない。題詞には「母に奉りて別れを悲しびたる歌」とある。「天雲の果てのように、限りなく心から慕っている母君に、別れる日が近くなったなあ」と歌った。

天雲の退きへの極わが思へる　君に別れむ日近くなりぬ

（巻一九・四二四七）

敬愛する母を残して旅立つ子の苦悩であり、悲哀だ。

親子血の涙を流して

遣唐使は一流の外交官、派遣先の政府役人に引け目を取らないように、容姿端麗、学才抜群の人物を選抜し、位を一階特進させた。遣唐使に選ばれることは、実に名誉なことだったと考えてしまう。

しかし、実態はいかに悲劇であったかを、遣唐使の母や阿倍老人の歌は語る。『源氏物語』より半世紀ほど以前の『宇津保物語』が、さらに適確に親子の別れの悲哀を描く。才能ある清原俊蔭は十六歳の時に遣唐使に選ばれた。

遣唐使として選ばれることとは、名誉なこととはいえ、父母の悲しみは例えようもなかった。俊蔭は一人っ子である。容貌も学才も、誰よりも優れている。俊蔭を朝に見送り、帰りが夕方遅くなってさえ、父母は紅の血の涙を流して悲しむのだから、ましてや、その子が遥か遠い国へ、再び顔を合わせることの困難な旅に出発する。悲しみはいかばかりか。三人は額を集めて血の涙を流し、別れを惜しんだ。

七世紀から九世紀にかけて派遣された遣唐使は一四回、そのうち九回が往路または帰路難破している。遭難のために遂に帰国できなかった阿倍仲麻呂は有名だ。俊蔭の船も難破、漂流を続け遠く波斯国（ペルシア）に漂着したことになっている。

血の涙を流しての親子の別れも納得だ。「わが子羽ぐくめ」の遣唐使や阿倍老人は、母に再会できたのだろうか。

遣唐使は国家を代表しての海外出張だから、「しっかりやってこいよ」とエールを贈ってもよさそうなものだが、送別の歌はエールどころか、多くが「はや帰りませ」「すみやけく帰り給はね」「平けく率て帰りませ」「はや帰り来ね」など、帰ることばかり歌う。

万葉歌人の中で唐土での歌を残すのは、山上憶良だけだが、その唯一の歌が「さあ、皆さん、早く日本へ帰ろうよ。難波の大伴の御津の浜の松も、待ち焦がれているだろうから」なのだ。

いざ子ども早く日本へ大伴の　御津の浜松待ち恋ひぬらむ　（巻一・六三）

「子ども」というのは、親しく人々に呼びかける言葉で、遣唐使一同に呼びかけたのだ「さあ、皆さん」と。「大伴の御津」は出港した難波の港。

ハーフいじめ

憶良と一緒に渡唐した学問僧弁正は唐女を妻にしたが、唐の法律は、異国人が帰国するとき唐妻を連れて帰ることを禁じている。妻か故国か、弁正は妻を採り帰国を諦めた。

その唐女との間の子は、父の故郷日本へ渡り、秦忌寸朝元を名乗り朝廷に仕え、医術師範、漢籍教授、図書頭などを務めた。

宮廷で雪の宴が開かれ、朝元も列席した。形の如く勅命により作歌、それを披露しようとしたのだが、左大臣橘諸兄は戯れなのだろうが、朝元をいじめた。諸兄曰く、

歌を賦するに堪へずは、麝を以ちて贖へ。

（巻一七・三九二六家持歌の左注）


と。「お前は唐人だから、どうせ歌は詠めないだろう。その罰としてお前の国で採れる麝香を提供することで埋め合わせをしろよ」と。作った歌を朗誦しようとしていた朝元は、黙り込んでしまったという。

どんな歌を作ったのだろうか。この左注を書いた大伴家持は、「この宴では、右大臣以下大勢の臣下が歌を作り奏上したが、その歌をメモしておかなかったので忘れ、ここに書きもらしてしまった」と言う。残念、したがって私もここに書き記すことはできない。

家持は続けて「ただ、秦忌寸朝元は」としてこのエピソードを書き記した。メモす

るのを忘れるほど、諸兄の言動は、家持にショックだったのだろうか。今なら、パワハラ問題だ。

「男の中の男」の遣唐使の歌

家族との別れに涙を流したり、「もう帰ろうよ」と帰心矢の如き遣唐使ばかりではなかった。さすがに武門の家大夫(ますらお)の遣唐使は違う。遣唐副使大伴古麻呂(こまろ)だ。

長安城で各国使節参列のもとに、玄宗皇帝主催の拝賀の儀式が行われた。列席した古麻呂は宴席の席順を見て激怒した。日本への朝貢国(ちょうこうこく)である新羅が日本の上席だったからだ。古麻呂の剣幕に唐は困惑、新羅が折れて日本は上席に着いたという。

日本を出発する前、大伴氏の長老古慈斐(こしび)の邸宅で、餞別の宴が行われた。席上、多治比鷹主(たじひのたかぬし)は、「帰って来てね」とは歌うが、その前には「十分任務を果たして」と言うのだ。「唐に行き十分任務を果たして帰ってくるだろう立派な男子に、酒を捧げます」と激励した。

韓国(からくに)に行き足(たら)はして帰り来(こ)む　大夫建男(ますらたけを)に御酒(みき)たてまつる　（巻一九・四二六二）

マスラタケオは勇敢で健気な男、男の中の男だ。男一匹、しっかりやって帰ってこいという激励、奮励努力の歌だ。その通りに彼は国威発揚のためによく頑張ってくれた。よう大夫建男！

古麻呂の大夫建男遣唐使振りは席次争いだけではない。遣唐大使の反対を無視して、唐僧を密出国させたのも、副使古麻呂であった。その唐僧こそ唐招提寺を建立した鑑真である。

都落ちは悲しからずや

中央に帰りたい

地方政治は中央から派遣される守・介・掾・目が行う。地方赴任の官僚には、二つの型がある。三十代のエリート貴族が、出世コースとして地方民政を体験する型が一つ。現代のキャリア官僚が若いときに一時県庁の副知事や部長を経験し、やがて中央官庁に復帰する型だ。もう一つは、コツコツ勤め上げ六十代から八十代になって、最終のポストとして国守に任ぜられ赴任する型である。

万葉歌人の中での出世コース組の代表が、二十六歳で常陸守として赴任した藤原宇合。コツコツ組の代表が七十三歳筑前守で終わった山上憶良。平安時代だが清少納言の父などは、八十歳ごろ肥後守だった。

どちらにしても地方は地方、都は天国、地方は天国から遠く離れた田舎、だから「天離る鄙」と万葉では歌われる。都に帰りたい、地方赴任の律令官僚の心底からの思いだった。

筑前守憶良も、田舎住まいが長いのでと嘆き「都から遠い田舎に五年住み続けて、俺は都の風習も自然と忘れてしまった」と歌った。

天離る鄙に五年住まひつつ　都の風俗忘らえにけり　（巻五・八八〇）

筑前の国府は大宰府にある。大宰府といえば都に次ぐ第二の大都会、外国への窓口の都市だ。それでも田舎は田舎、ダサくてダサくてと憶良。泣けるねえ。

できることならば、都落ちなどさせたくない。私的事情で下るならば「行くなよ」と言いたい。「なあ、友よ、個人的事情で下るのなら、秋の長夜一晩かかっても、精一杯心を尽くして行くなと言いたいのだがなあ」、

私の別れなりせば秋の夜を　心尽くしに行くなと言はまし

（『古今六帖』第四「別」）

しかし、政府の命令とあれば仕方ないよと、秋の夜、都落ちする友人としんみり語り明かす。「心尽くし」とあるから、友人は筑紫、たぶん大宰府に赴任するのだろう。送る者も送られる者も、盃を交わしながらも涙したに違いない。『古今六帖』は平安時代に作られた歌題により分類された歌集だが、万葉時代の歌も多く採られている。

大宰府の長官である大宰帥大伴旅人さえも嘆きは同じ。彼は歌った、「私の命の盛りが再び若返ってくれるだろうか。ひょっとして、都を見ずに終わってしまうだろうかなあ」と。

わが盛また変若めやもほとほとに　寧楽の京を見ずかなりなむ

（巻三・三三一）

これも泣ける。「変若」というのは、その文字の如く若返る意の古語。

大宰府の役人である防人司大伴四綱も同じだ。「四方八方すべて天皇の治めなさる国だが、その中でも自然と都のことが思い出されましてね」と、

やすみしし　わご大君の　敷(し)きませる　国の中(うち)には　京師(みやこ)し思ほゆ　（巻三・三二九）

と歌い、「旅人様は如何(いかが)ですか」とふられた旅人もしゅんとなって、「わが盛」と歌った次第。

酒豪の旅人は酔いに任せて捨てっ鉢になり、どうせこのまま田舎で朽ちるのなら、いっそ故郷など忘れ去ってしまおう、そのためには「忘れ草」を身に着ければいいだろうと、「忘れ草を私は紐に付けるぞ。香具山(かぐやま)のある故郷を忘れるために」と歌った。

わすれ草　わが紐に付く　香具山(かぐやま)の　故(ふ)りにし里(さと)を　忘れむがため　（巻三・三三四）

「勿忘草(わすれなぐさ)」なら菅原洋一が「勿忘草をあなたに」と歌うように、「私のことを忘れないでね」というので、相手の身に着ける。「忘れ草」は、「つらい思いを忘れよう」と我が身に着ける。忘れ草というのは萱草(かんぞう)という草らしい。

忘れ草を着けても、香具山のある奈良の都を忘れることは、できなかっただろう。忘れよう忘れようと努力すればするほど、思いは深くなるものだ。

忘れ草だってあてにできない。帰京できるかできないか、効果のないことを、くよくよ考えるよりは、酒！　酒！　憂いを払うには酒が一番。忘れ草より酒だ。望郷の憂いだってサッパリさと、酒に溺れて旅人は歌った、「考えても仕方のない物思いをしないで一杯のどぶろくを飲むほうがいいよ」と。

験なき物を思はずは一坏の　濁れる酒を飲むべくあるらし　（巻三・三三八）

私を見捨てないでね

地方支社に涙をこらえて赴任する人、喜びを隠しながら本社に戻る人、送別の宴会で乾杯する人たちの胸中は複雑だ。表に出ない悲喜こもごもの感情が飛び交う。望みかなって栄転して本社に戻る同僚には「俺のこと、本社の連中に宜しくね」と哀願する。憶良も大納言に栄転して帰京する上司の中納言兼大宰帥大伴旅人に訴嘆した。「貴方様の御心を私めに掛けてくださって、来年の春の異動期には奈良の都に召し上げてくださいね」と。

吾が主の御霊給ひて春さらば　奈良の都に召上げ給はね　（巻五・八八二）

旅人の御霊賜わったお陰か、憶良は都に帰ることができた。しかし、職に就けた形跡はなく、地方勤務の心身の労重なってか、帰京の翌年没してしまった。

雪国の春――都では味わえない鄙には鄙の風俗がある

越中の雪山に咲くナデシコ

大宰府の憶良は「都の風俗(てぶり)忘らえにけり」と嘆いたが、都では味わえない鄙(ひな)には鄙の風俗がある。

大伴家持は大宰府よりも遥かに鄙の越中の国(富山県)の守(かみ)として赴任した。越中は名うての豪雪地帯。家持も四尺を超す大雪の正月を経験した。正月三日に越中介(えっちゅうのすけ)内蔵忌寸縄麻呂(くらのいみきなわまろ)の邸で新年宴会が催されたとき、家持は「降り積もった雪に腰まで埋めながら来たかいがありましたよ。年の初めに」と歌った。

降る雪を腰になづみて参り来(まるこ)し　験(しるし)もあるか年の初(はじめ)に

(巻一九・四二三〇)

大雪にたいしては、「腰なづむ」以外では表現できなかった。「なづむ」は難渋する意だから、雪が腰にまつわりつき難渋し、ラッセルして来たのだ。それまでして来た

かいとは何だったのか。彼らはそこで雪のカーニバルを催したのだ。

時に、雪を積みて重巌の起てるを彫り成し、奇巧に草樹の花を綵り発る。

（巻一九・四二三一「題詞」）

峨々と屹立する雪山を造り、草樹の花を彩ったという。その花はナデシコであった。越中掾久米広縄は歌った、「ナデシコは秋咲くはずなのに、貴方の家の雪の巌に咲くとは！」と。

石竹花は秋咲くものを君が家の　雪の巌に咲けりけるかも　（巻一九・四二三一）

小さな雪山なら都でもできるだろうが、「重巌の起てる」様は無理だ。越の大雪とそれに驚きながらも珍しいと見る都人の風雅心がドッキングして、初めてこの雪のカーニバルは生まれたのだ。雪山のカーニバルを飾ったナデシコは造花だろう。ナデシコの表記は「奈泥之故」（巻一七・四〇〇八、他）なら読めるが、「瞿麦」（巻八・一四四八、他）は難しく、「石竹」は中国渡来の植物石竹の文字のみを借りて表記した一種の当て字らしい。

神秘的な堅香子の花

春を告げるカタクリの花を、富山の人はカタカゴの花と呼ぶ。家持がカタカゴと歌った言葉が今にまで生きているのだ。家持は、「カタカゴの花を手折る歌」と題して、「たくさんの少女たちが入り乱れて水を汲む、その寺井のほとりのカタカゴの花よ」と歌った。

物部の八十少女らが汲みまがふ　寺井の上の堅香子の花　（巻一九・四一四三）

堅香子の花は神秘的な花だ。春に紅紫の花唇をほころばすが、五月の陽光を浴びつつ、地上からひっそりと姿を消す。死んだその美少女は翌春、再び美しくよみがえるのだ。

「物部」はモノノフと読み、文武百官とか百官官僚とかの言葉があるように、たくさんの官僚を意味するので、たくさんの数である「八十」の枕詞となる。

越の国の民歌

能登の国熊木(くまき)の民歌

越中の雪のカーニバルの話をしたが、そのついでに雪国の民歌についても話しておこう。

天皇から遊行女婦(うかれめ)、東国農民の歌まで含むのが万葉集の特色と言われているが、地方の民謡も収められている。「～国の歌」とあるのがそれである。

その中で、能登の国の歌、越中の国の歌など今の北陸地方の民謡がまとまって置かれているので目立つ。おそらく大伴家持が越中守として赴任していた関係かと思われる。

能登半島の真中に七尾湾（ななお）があり、湾岸に熊木（くまき）という名の村があったが、現在は石川県七尾市中島町という平凡な地名になり、古代の熊木の郷（さと）、中世の熊木の荘（しょう）の名を留めていない。かろうじて熊木川にその名を残す。

その熊木で働いていた木こりが、仕事中に手を滑らせ、商売道具の斧を沼にポトンと。「熊木の沼に新羅斧を落としちゃった」、もう一人が慰めた。「決して決して決して泣くなよ。浮き出るかもしれないから見ていようよ」と。

梯立（はしたて）の　熊来（くまき）のやらに　新羅斧（しらきをの）　落し入れ　わし　懸（か）けて懸けて　な泣かしそね　浮き出（い）づるやと　見む　わし

（巻一六・三八七八）

木こり二人の掛け合いで一人は慰め役だ。「梯立」は掛橋（かけはし）、はしご、階段などの説があり、よくわからない。それがどうして熊来の枕詞になるかも。「やら」は沼地で、熊木川河口付近の沼地だろう。「わし」は囃子（はやし）言葉で「わっしょい」というところか。新羅斧は舶来型の斧だ。能登半島では造船のための良材が採れる。彼らは船材伐採の仕事をしていたのだろうか。

この歌は次のような歌として伝えられていると左注はいう。「ある愚かな人がいた。斧を海底に落としたが、鉄が浮かんでくるはずがないという理屈を知らなかった。それでこの歌を口ずさみ教え諭したのだ」と。

しかし「浮き出づるやと見む」というのだから、教え諭すことになるのか。二人一緒に岸に座り込み海面を眺めているシーンになる。お笑い芸人のツッコミとボケのような間の抜けたおかしみの味が本来ではないか。

同じ熊木の作り酒屋で働いているドジな男に同情する仲間も、人間味あふれている。「熊木の酒造屋で怒鳴られている奴婢よ。誘い出し、連れて来たいのだが。怒鳴られている奴婢よ」、

梯立の　熊来酒屋に　真罵らる奴　わし　誘ひ立て　率て来なましを　真罵らる奴　わし

（巻一六・三八七九）

酒屋というのは、酒を造る店だ。そこで働いてしくじって主人にどなられている奴婢、仕事が下手で、失敗ばかりしていて、いつもおどおどしている男。可哀そうだ。

何とか連れ出して慰めてあげたいのだが。

熊木は高麗来（こまき）から来た言葉で、朝鮮半島からの渡来者が多かった。能登半島の神社の八割が渡来系の神を祭るといい、能登島には須曽蝦夷穴（すそえぞあな）古墳という高句麗式の構造を備えた古墳もある。新羅斧を落とした男、怒鳴られている酒屋の下働き、彼らを慰め同情する仲間も、新羅からの渡来人かもしれない。

机の島のシタダミ

熊木の沖に小さな島がある。種ヶ島だが、よくみるとその先端が切れていて、さらに小さな島になっている。これが机島（つくえじま）だ。この小さな小さな島が、能登の国の民歌に詠みこまれ、万葉集に採られたおかげで、大きな種ヶ島よりも有名になった。

「香島の山に近い机の島の巻貝を拾ってきて、石で殻（から）を叩き破って、早川の水で洗って、辛い塩でキュッキュッともんで、高坏（たかつき）に盛って、テーブルに載せて、おっ母さんに差し上げたかい、かわいい嫁さんよ。お父さんに差し上げたかい、かわいい嫁さんよ」

香島嶺（かしまね）の　机の島の　小螺（しただみ）を　い拾（ひり）ひ持ち来（き）て　石以（も）ち　突（つつ）き破り　早川に　洗ひ濯（すす）ぎ　辛塩（からしほ）に　こごと揉（も）み　高坏（たかつき）に盛（も）り　机に立てて　母に奉（まつ）りつや　愛（め）づ児（こ）の刀自（とじ）

父に献りつや　愛づ児の刀自

（巻一六・三八八〇）

「愛づ児の刀自」は可愛らしい奥さんということ。「小螺」はコシタカガンガラ、イシダタミなどと呼ばれるありふれた巻貝だ。現地では現在でもシタダミという古語は生きている。「石以ち突き破り……」と料理番組のような歌だ。

採りたての新鮮な貝の、汐の香のプーンとする塩もみ。能登のグルメだ。料理をしてくれるのは可愛い嫁さん、その嫁さんのお酌で貝をさかなに一杯。そこで男ははっとした、「おっ母さんやお父さんに差し上げたかい」と。

通い婚なら父母は愛づ児の刀自の父母、義理の父母に対する夫の気配りが、いたいほどわかる。「能登は優しや土までも」と言われる能登の人の優しい姿が見えよう。

鄙の女はいい女

博多の遊行女婦

都落ちだっていいことはあるぞ。「鄙には稀な美女」という言葉通りに美女に逢うことだってある。大宰府で酒浸りの大伴旅人だが、酒の席には女は付きもの。旅人は、遊行女婦児島といい仲になり、帰京に際して泣きの涙で別れる。「立派な男と思っている私が、水城の上で別れの涙を拭くものか」と歌った。

大夫と思へる我や水茎の　水城の上に涙拭はむ

（巻六・九六八）

大宰府は対外防衛基地でもあり、堀のような水城が設けられている。大宰帥は防衛前線最高司令官、その司令官が水城の上で涙を拭くことはできないぞと歌う旅人は、涙しているのだ。

旅人の歌は、児島の殊勝な歌に引かれて詠まれた。児島は歌った、「普通の平凡なお方なら、あの方法、この仕方で別れの挨拶をするわ。貴方は畏れ多い身分の高い方。せめて袖だけでも振りたいのだけれど、それもじっと我慢しているの」と歌った。

凡ならばかもかも為むを恐みと　振り痛き袖を忍びてあるかも（巻六・九六五）

遊行女婦風情に涙ながらに別れる旅人を弁護するなら、このとき旅人は独身、大宰府赴任の年に任地で妻を失っていたのだ。

麻束抱くように東女を

こちらは東のエリート官僚藤原宇合。宇合も鄙には稀な美女常陸娘子を泣かせた男だ。宇合は鎌足の孫で、不比等の子。流行病で若くして死んだために正三位参議で終わったが、長生きしていれば当然、納言・大臣になれたはず。エリート・コースを走る若手官僚の地方民政体験として、二十七歳で常陸守になり赴任する。

常陸娘子は都に帰っていく宇合に、こう歌った、「庭に立つ麻を刈り取り干したり、それを布にして晒す東女のいたということをお忘れくださいますな」と。

庭に立つ麻手刈り干し布さらす　東女を忘れたまふな（巻四・五二一）

人の身を超すほどの長い麻束を抱きかかえて、庭に運び干す。その姿は男女抱擁を思わせるそうだ。娘子は宇合との甘美な抱擁を偲びながら、歌ったのだ。

それでも宇合は娘子を捨てて都に帰った。出世のためには田舎娘を泣かしたってどうということはないと。

俺は女のヒモ?

その男は、九州北部の豊前の国のお役人として赴任する年齢だから、都には当然妻子もいただろう。だが、妻子のことをすっかり切り捨てて、豊前の国香春郡の娘子に熱を上げてしまった。題詞には「娶きて」とあるから、結婚してしまったのだ。

男の名は抜気大首。変わった名で姓は「抜気大」なのか「抜気」なのか、「首」「大首」は姓なのか、その他の説もあり、よくわからない。仮に抜気氏としておこう。

配する娘子の名が紐児というのは、出来過ぎている。女を働かせ、金品を貢がせて暮らしている男がヒモ。抜気氏の場合はヒモ児に縛られ働き、金品を貢ぐのだから、逆ヒモか。紐児に縛られたのでは、離れることのできるわけがなく、己の名前の如くすっかり女に気を抜かれてしまったというわけか。

それでも満足し、嬉しそうに歌う。「豊前の国の香春は我が家だ。紐児に縛られた俺は、香春がスイートホームだ」と。

豊国の香春は吾宅紐児に　いつがり居れば香春は吾家（巻九・一七六七）

「いつがり」は「つがり」で紐や糸で結びつけておくことだ。また歌う、「紐児をこのように恋い続けていたならば、命など俺は惜しくないぞ」と、

かくのみし恋ひし渡ればたまきはる　命も吾は惜しけくもなし（巻九・一七六九）

これはまあ、万葉集最高のオノロケ。御馳走様。都の妻のことなどすっかり忘れっちまって、香春岳の許でヒモ生活を楽しんだのだ。

色恋沙汰はまかりならぬぞ

まだまだ挙げれば、きりがない。風流侍従ともてはやされた播磨守石川君子と播磨娘子（巻九・一七七六－七）、藤井連某と某国の娘子（巻九・一七七八－九）など、男が帰京するに際しての別離の悲哀歌を残す。都から派遣された越中史生尾張少咋と地元の遊行女婦左夫流児などは、夫の浮気を聞き知った妻が、都から乗り込むという一騒動が持ち上がっている（巻一八・四一〇六－一一〇）。

余りにも鄙の女を泣かせる都下りの官僚が多かったためか、天平十六年（七四四）に、国司が管内の女子を妻妾とすることを禁止する勅が出された。

第三章

政争の歌

刑死した有間皇子

孝徳(こうとく)天皇の子の有間(ありま)皇子は、次の斉明(さいめい)女帝の代になるに及び、狂気を装う言動を示した。先帝の遺児として皇位を狙うかとの疑いの目で見られることにより、政争に巻き込まれることを逃れようとしたためだろう。

しかし疑念晴らし難く、謀反(むほん)の嫌疑をかけられ、斉明女帝行幸先の紀伊の藤白(ふじしろ)坂で、十九歳の身で絞首刑に処せられた。

刑に処せられる以前、有間皇子は都から白浜温泉に居る斉明女帝の許に護送されるが、途中、藤白坂と白浜の間の磐代(いわしろ)で自らを傷(いた)んで、二首を詠む。「磐代の浜松の枝を結び合わせて身の幸運を祈るが、もし幸いにも命があったならば、都への帰りにはまた見たいものだなあ」と。

磐代(いはしろ)の浜松が枝(え)を引き結び　真幸(まさき)くあらばまた還り見む

（巻二・一四一）

松の枝を結ぶのは、常磐(ときわ)の松に己の魂を結び込め、寿・幸運を祈る当時の習俗だ。

護送されての帰途、松を再び見ることはできたが、そこを過ぎ藤白坂で最期を遂げた。

また、「家にいるならば、器に盛る飯を、旅なので器もなく椎の葉に盛って食べることよ」と、

家にあれば笥に盛る飯を草枕　旅にしあれば椎の葉に盛る　（巻二・一四二）

と、歌った。妻が側にいて食器によそってくれる和やかな食事を回想しているのだろうか。

壬申の乱にまつわる歌

思案し続ける大海人皇子

山道を辿りながら思案に耽る男がいた。皇極（斉明）女帝の息子で、天智の弟、皇太弟の地位を棄てて出家した大海人皇子だ。力量ある皇子が、近江朝廷の桎梏から離れ

自由になったことを、ある人は「虎に翼を着けて放したようなもの」と評したという。
四十代前半の彼は、雨雪の降る吉野の山道を登っている。「吉野連山の耳我(みみが)の山には、時を分かつことなく雪が降っている。絶え間なく雨が降っている。その雪や雨の絶え間ないように、道を曲がるごとに絶え間なく思案しながら山道を俺は辿ってきたのだ」と、感慨を漏らす。

み吉野の　耳我(みみが)の嶺(みね)に　時なくそ　雪は降りける　間なくそ　雨は零(ふ)りける　その雪の　時なきが如(ごと)　その雨の　間(ま)なきが如　隈(くま)もおちず　思ひつつぞ来(こ)し　その山道を

（巻一・二五）

大海人は考える。夏目漱石『草枕』の冒頭部分ばりに言うならば、山道を歩きながら考えた。兄天智の政道を理論的にあげつらえば、角が立つ。兄弟の情に負けて皇太弟でいれば、そのまま兄の政道に流される。意地を通して拒否すれば、近江朝廷で生きるのは窮屈だ。なんと人の世は住みにくいのだろうと。
大海人の思案はまだ続く。「いったいなぜ兄天智は飛鳥の都を捨てて近江に都を遷したのだ。朝鮮半島の白村江(はくすきのえ)の戦いに敗れ、唐や新羅の襲来を恐れての防衛上からか。

それにしても人々の怨嗟の声の多いことよ」。

確かに『日本書紀』は、

是の時に、天下の人々は都を遷すことを願わず、非難の言葉を口にする者が多かった。風刺した歌も流行り、日夜、失火が絶えなかった。

と書く。遷都強行は正しかったのか、兄の政策は誤っているのではないかと考えながら大海人は雪の山道をたどる。「俺には納得がいかないのだ」。

大海人が吉野入りしたころ、近

江の都には風刺的な歌が流行した。「吉野の鮎よ、鮎は琵琶湖の島陰に居れば住みやすいものを。苦しいなあ、水葱や芹の下で泥にまみれて住む我は苦しいなあ」と歌う。

み吉野の　吉野の鮎　鮎こそは　島傍も良き　え苦しゑ　水葱の下　芹の下吾は苦しゑ

（『日本書紀』天智紀）

「水葱」はミズアオイの別称。「鮎」「吾」は大海人、「島傍」は琵琶湖のほとりにある大津の都。住み心地悪い吉野で苦しむ鮎、俺にできる道は、近江朝廷打倒だけだ。近江朝廷を打倒しよう！　かくて壬申の乱は起きた。

優秀さが仇となり刑死した大津皇子

壬申の乱に勝利し復活した吉野の鮎は、即位して天武となる。天皇の第三皇子である大津皇子は、父天皇歿直後、謀反の嫌疑がかけられ逮捕され死刑を命ぜられた。罪名は八虐という最高罪の、しかも第一の「天皇殺害、国家転覆」に値する謀反罪。

しかし、謀反というのは皇太子草壁とその母后（後の持統）側のでっち上げだとみられている。

というのは、余りにも大津皇子は人望のある優秀な人物だったからで、皇子を擁立して反体制勢力のクーデターが起き、后や皇太子の地位を奪われないかとの妄想からだ。子ゆえの盲目の愛に堕した母后は、大津皇子を抹殺した。

皇子の家は訳語田（現畝傍山の麓、大福あたりか）にあり、飛鳥浄御原宮に通勤途上、毎日香具山の麓にあった磐余の池のほとりを通り、鴨を見ていたのだろう。謀反ということで検挙され、尋問の後に捕縛された姿で自邸に戻され、そこで自殺させられた。戻される途中に磐余の池のほとりを通り、「磐余の池に鳴く鴨を見るのも今日が最後、自分は雲の彼方に去る身なのだ」と歌う。

ももづたふ磐余の池に鳴く鴨を　今日のみ見てや雲隠りなむ　（巻三・四一六）

題詞には「涕を流して作りませる御歌」とあるが、実に哀切極まりない辞世の歌ではないか。「ももづたふ」がどうして「磐余」の枕詞になるのか明らかでない。

万葉集と同時代に編集された漢詩集『懐風藻』には、皇子の臨終詩が残されている。「陽光は西に在る家を照らし、時を告げる鼓の音は、私の命の短さを告げる。黄泉路には迎えてくれる主人もいなければ客もいない。一人ぽっちで黄泉の国のどこの家に自分は向うのか」

金烏　西の舎に臨り　鼓の声は　短き命を催す　泉路に賓主無く　此の夕べ　誰が家にか向かふ

（『懐風藻』臨終）

「金烏」は太陽の中にいる三本脚の烏だから、太陽のことだ。時を告げる鼓の音、その音の鳴り終わる時が命の終わり。刻一刻と迫る死期。私は近松門左衛門『曽根崎心中』の道行を思い、涙するのだ。

あれ数ふれば暁の、七つの時が六つなりて、残る一つが今生の、鐘の響の聞納め。寂滅為楽と響くなり。

大津皇子は時を告げる鼓の音に死期を知り、お初と徳兵衛は寺の鐘の音で二人の最期の近づくのを知るのだ。

皇子は奈良県と大阪府の境を為す金剛山地の北端にある二上山に葬られた。その時皇子の実姉大来皇女は、「この世の人である私は、明日からは二上山をわが弟と見ようか」と歌った。

うつそみの人にあるわれや明日よりは　二上山を弟世とわが見む（巻二・一六五）

二上山は万葉マニアにとって垂涎の山だ。春分の日には、皇子の墓のある雄岳と雌岳の間に日が没し、弥陀の来迎を思わせる荘厳な風景が展開する。折口信夫の『死者の書』を読むのもいいだろう。「うつそみ」は現し身、「弟世」の「世」は背の君のセ。

馬酔木は死者を弔う花

皇女もう一首、「岸のほとりに咲く馬酔木を手折って、その花を見せたいのだけれど、見せてさしあげたい御方は、もういらっしゃらないのだわ」と詠んだ。

磯の上に生ふる馬酔木を手折らめど　見すべき君がありと言はなくに

（巻二・一六六）

「言はなくに」など、古語独自の表現に出会った途端に、読むのも面倒になってしまう。「な」はナイ、「く」はコト、「に」は詠嘆の語で、「〜ないことだなあ」「〜ないことよ」だ。

「馬酔木」という植物が気になる。その花や葉を食べると、馬が酔うかどうか知らないが、馬酔木の花・葉・樹皮には毒があるそうだ。だから草食動物も食べず、多くの鹿がいる奈良公園でもたくさん咲いているのだという。

万葉人は白く美しく咲く馬酔木を愛した。吉野の急流のほとりの馬酔木、奥山の馬酔木、春山の馬酔木、三諸山の麓に花咲く馬酔木、池水に影を映して咲き匂う馬酔木の花、万葉集には馬酔木の歌が一〇首ある。もちろん、二上山山頂では今も群生している。

それが、寧楽山(なら)を越えて、都が山城の国に遷っただけで、歌人はどうしてあの美しい馬酔木を見限ったのだろうか。平安の勅撰集からは全く追放された。『古今六帖』には、歌題としても載せられていない。鎌倉時代になって、懺悔(ざんげ)歌・呪詛(じゅそ)歌としてわずか二首あるだけだ。

冤罪(えんざい)により非業(ひごう)の死を遂げ、二上山に葬られた大津皇子の死を悲しみ、大来皇女が詠んだ馬酔木の歌が、底流しているのだ。今でも墓に供える花とする地方もあるそうだ。

藤原氏とその政敵たち

非業の死を遂げた長屋王一家

事件は、聖武の皇子で一歳にも満たない皇太子が急逝したことに始まる。聖武には男皇子がいないので、次の有力な皇太子候補は長屋王だ。天武の孫であり、皇太子候補にも挙げられた高市皇子の子である。皇族ではないのに「長屋親王」と書かれた木簡さえ出土している。

皇太子歿の翌年「左大臣長屋王、密かに左道を学び、国家を傾けんと欲す」との密告があった。皇太子の急逝が、邪悪な呪術である左道による呪いであるかのような、長屋王が皇位を狙っているかのような、口吻で。

天皇は即刻勅命を下し、軍隊を出動させ長屋王邸宅を包囲、罪を糾弾させた。王は縄で首を括って自殺させられ、妻の吉備内親王も子供たちも自殺した。

『続日本紀』は、密告は「誣告」だという。「誣告」というのは、事実を曲げて訴える事だ。聖武をバックアップし、藤原氏の血を引く皇女の立太子（後の孝謙）を画策する藤原氏にとっては、長屋王の存在は邪魔だ。密告者を仕立て上げて国家謀反罪をでっち上げたのだろう。史書はある小役人を挙げて「即チ長屋王ヲ誣告シタル人ナリ」と言うのだ。

非業の死を悼む人々は多かった。倉橋部女王は「天皇の命令を恐れ、殯の宮にお祀りするはずではない時に、雲の中にお隠れ為されたよ」と、

大君の命恐み大殯の　時にはあらねど雲がくります　（巻三・四四一）

と歌い、非業の死に密かに同情の念を表した。「殯」は新城で、死者を埋葬する前に祭るために建てる新たな屋のこと。モガリともいう。殯を営むことを許されているのは天皇と皇族だけで、長屋王など皇孫には許されない。女王にとって長屋王は木簡に記されているように親王であり、皇族であったのだ。さらに「大」を付けて「大殯」というが、「大」は天皇への尊称ではないか。倉橋部女王がどのような人だったのか、長屋王一家とどのような関係があったのかなどは、わからない。

また、誰の作だろうか、父長屋王と共に自殺した長男の膳部王を悲しみ、悲憤して、「世の中は空しいものであるぞとして、この照る月も満ちたり欠けたりしているよ」と、

歌った。

世間（よのなか）は空（むな）しきものとあらむとそ　この照る月は満（み）ち闕（か）けしける（巻三・四四二）

満ち足りて栄華を誇った長屋王も膳部王も、満月が欠けるように欠けてしまったと、落ち込むのだ。題詞は「膳部王を悲傷（かなし）める歌」とある。仏教でいう「世間虚仮（せけんこけ）」、無常観に満ちた歌だ。

咆哮（ほうこう）する内相藤原仲麻呂

紫微（しび）内相というお手盛りの官職を作り、大臣を凌駕（りょうが）する権力を振るう藤原仲麻呂の怒りは激しかった。故左大臣橘諸兄（もろえ）の息子奈良麻呂を首魁（しゅかい）とする一派が、自分を君側の奸（かん）として殺害し、大切に磨きあげて極上の珠（たま）に仕立て上げた義理の子の皇太子を、位から引きずり下ろそうというのだから。

クーデターを鎮圧した仲麻呂は、並び居る廷臣を恫喝（どうかつ）するように咆哮（ほうこう）した。「さあ、お前たち、馬鹿なことをするな！　天地の神の固めた国なんだぞ、この大和の国は」と。

いざ子ども狂業（たはわざ）なせそ天地（あめつち）の　固めし国そ大倭島根（やまとしまね）は（巻二〇・四四八七）

「お前たちの力などでは揺らぎはせぬぞ！」と叫んだのだ。政界の実力者に恫喝されて、一同は縮み上がった。
天下国家を論じて悲憤慷慨し、人間の生き方を追求する漢詩とは異なり、和歌の本道は愛を歌うこと。その中にあって仲麻呂のこの歌は異色だ。激しい憤りの歌を作らせたのは、暗黒政治の時代を吹き抜ける風であった。

クーデターに加わらなかった家持

反藤原の巨頭であった橘諸兄の遺児のクーデター計画、大伴一門の多くが奈良麻呂方に与した。遣唐使として新羅の使と席次を争い、鑑真を密出国させ来朝させた硬骨漢古麻呂、古麻呂餞別の宴を開いた古慈斐、壬申の乱の勇将御行の孫の駿河麻呂、家持の歌友池主等々である。

それでも家持は加わらなかった。皮肉なことに彼は数日前に軍事担当の兵部省の少輔から大輔に昇進したばかりで、クーデターを鎮圧する側に位置していたのだ。兵部省は軍事一切を統括する政府の役所で、大輔の上に兵部卿がいるが、卿は公卿の兼職だから、実権は大輔が握る。現代の防衛省の局長クラスだ。

立場上、家持は一族の不穏な動きを察知していたであろう。事件の五日前に「移り行く時を見るたびに心痛み、昔の人が思い出されるなあ」と歌う。

移り行く時見るごとに心いたく　昔の人し思ほゆるかも（巻二〇・四四八三）

意味深長なものを感じないだろうか。「昔の人」は橘諸兄だろうか。

この歌と並んで、別の時の作と思われるが、「美しく咲く花は色移り褪せるときがある。山菅の根こそ、長く変わらないものだ」と歌った、

咲く花は移ろふ時ありあしひきの　山菅の根し長くはありけり（巻二〇・四四八四）

が置かれている。巻二〇の形成には家持が深くかかわっていると思われるから、家持は制作時期の異なるにもかかわらず、この二首を意識的に並べたのだ。「移り行く時見るごとに」「咲く花は移ろふ時あり」、家持が深く世の無常感に身を沈める由来は何なのだろうか。四四八四歌の「あしひきの」は山の枕詞。

古麻呂は捕縛され杖下に死した。池主も同じ運命だったらしい。池主の最後の歌は、三年前に家持邸で開かれた大伴一族の正月賀宴での詠、「霞が立ち込める新春の日に、今日のようにお逢いできるかと思うと、楽しいことですなあ」、

霞立つ春のはじめを今日のごと　見むと思へば楽しとそ思ふ（巻二〇・四三〇〇）

である。文人であり歌人であり歌友でもあり、僻地で職を共にした池主の無残な死を、家持はどう見ただろうか。

クーデター一味の標的、大炊王

奈良麻呂等クーデター一味が廃除を目指した皇太子は、天武の孫の大炊王だ。大炊王は仲麻呂の義理の娘と結婚していたので、仲麻呂邸に住む。娘が亡くなった後にも依然として仲麻呂邸に居た。これでは、ゆくゆく仲麻呂は天皇の義父となり、天皇は

仲麻呂に操られるピエロ、仲麻呂が権力を振るうこと疑いなし。

しかし、奈良麻呂のクーデターは鎮圧され、仲麻呂が恫喝的な咆哮する歌を詠んだときに、二十五歳の皇太子は「天地に照り渡る日や月のように、皇位は無窮であるはずのものを。何を考えることがあろうか」と歌った。

天地を照らす日月の極無く　あるべきものを何をか思はむ　（巻二〇・四四八六）

大勢の朝臣が殺害され流罪になっているにかかわらず、あっけらかんと脳天気な歌を詠む。

その通り翌年の天平宝字二年（七五八）に即位して淳仁天皇となった。ここまでは確かに無窮だが、ピエロ淳仁を操る仲麻呂が六年後に反乱を起こし敗死。操り師を失ったピエロは廃帝となり淡路に配流され、逃亡を謀るが失敗して憤死した。

淳仁は、称徳（孝謙）女帝の意向により天皇の一人とは認められず、廃帝または淡路廃帝、淡路公などと呼ばれていた。「淳仁」の諡号は明治になって贈られたのだ。

王から皇太子、皇太子から天皇、廃帝、流罪、憤死、皇統譜から追放、千年後の復籍、皇位は「天地を照らす日月の極無くあるべきもの」と豪語した男のドラマチックな三十三年間の生涯であった。

地に落ちた橘

敗れた奈良麻呂のその後の消息は杳として知れない。杖死、斬殺、流罪、いずれとも史料は記していない。平安時代になって奈良麻呂の孫橘嘉智子が嵯峨天皇の皇后になり、子は仁明天皇。その頃に奈良麻呂処分の記載を『続日本紀』から、抹消したのだろうか。

杉本苑子は『檀林皇后私譜』で、奈良麻呂は脚の筋を断たれ足腰が立たない状態にされて、木津川辺の山吹の里にあった橘氏の別荘奥深く匿われていたことにしている。

かつて光明皇后の母犬養三千代が姓橘氏を賜り、子の葛城王がその継承を願い出た時に、聖武からそれを許す勅と共に「橘は実までも花までも葉までも、枝に霜が降っても、ますます常緑の樹であれよ」と、災難に遭っても永遠に繁茂して天皇家を補佐せよという御製を賜った。

橘は実さへ花さへその葉さへ　枝に霜降れどいや常葉の樹　（巻六・一〇〇九）

時に子の奈良麻呂は十五、六歳だったが、御製と勅に感動し、「奥山の真木の葉を押し靡かせて降る雪が、いっそう降りしきるとも、橘の実が地に落ちることなどありましょうか」と歌った。

奥山の真木の葉凌ぎ降る雪の　降りは益すとも地に落ちめやも（巻六・一〇一〇）

「降る雪」は政敵、「地に落ちる」は一族の凋落を意味させている。

それから二十年、霜・雪に譬えるべき仲麻呂側の降りは益し激しくなり、払おうとした奈良麻呂は圧し潰され、ついに橘は実、花、葉どころか、幹まで折れ倒れ、バッタリと地に落ちてしまった。

平安時代のある人が、「蛙の鳴く井手の地の山吹も散ってしまった。花の盛りに会いたいものを」、

蛙鳴く井手の山吹散りにけり　花の盛りに会はましものを（『古今集』春下）

と歌った。「題知らず　詠み人知らず」とあるが、いつしか奈良麻呂の子清友の歌だと伝えられたと左注は言う。

清友はクーデター翌年の生まれ、三十二歳のとき正五位上・内舎人で没した。井手は祖父諸兄の別荘のあった山吹の咲く里。山吹に託してもう一度橘の花を咲かせたいと念願した歌だと、言い伝えられたのだろう。

橘の幹は倒れても、根までは枯れなかった。嵯峨朝になって奈良麻呂の孫、清友の娘嘉智子は嵯峨后となり檀林皇后と呼ばれ、皇后の子は仁明天皇、皇后の兄弟橘氏公は右大臣になるという見事な花を咲かせたのだ。まさに「常葉の樹」であり「地に落ちめやも」であり、「花の盛りに会はましものを」の念願は叶えられたのである。

廃都追憶

近江荒都

大津の都は二度の火災に遭った。二度目は天智末年、壬申の乱の前年で、都はあらかた焼けたという。乱でもさらに焼失しただろう。

乱の後二十数年経って、今は廃都となった宮殿の跡に立った柿本人麻呂は、こう歌った。「天からも離れた田舎ではあるが、近江の国の大津の宮で天下をお治めになった天智の大宮は此処だ、御殿は此処に在ったのだと聞くが」、

天離る　夷にはあれど　石走る　淡海の国の　楽浪の　大津の宮に　天の下　知らしめしけむ　天皇の　神の尊の　大宮は　此処と聞けども　大殿は　此処と言へども　春草の　繁く生ひたる　霞立ち　春日の霧れる　ももしきの　大宮処　見れば悲しも

（巻一・二九）

「いまは春草が生い繁り、霞が立ち込めるばかり。大宮の在った所を見ると悲しくて」

誰もが唐の詩人杜甫「春望」の一節、

国破れて山河在り　城春にして草木深し　時に感じては花にも涙を濺ぎ　別れを恨んでは鳥にも心を驚かす

を思い出すだろう。杜甫は「涙を濺ぎ」と作り人麻呂は「見れば悲しも」と歌うのだ。

「天皇の神の尊」は現人神であり、天皇に対する最高敬称である。その天皇の君臨した都でさえも廃墟と化してしまったのだ。

長歌の詠法として枕詞が多い。「天離る」は「夷（鄙）」の、「石走る」は「淡海」の、「楽浪の」は「大津」の、「ももしきの」は「大宮」の、それぞれ枕詞だ。

高市古人も廃都大津に涙する一人であった。「古い年代の人で私はあるのか。大津の旧い都を見ると、悲しくて」と歌う。

古の人に我あれや楽浪の　故き京を見れば悲しき　（巻一・三二）

古人がどのような経歴の人かわからない。下級官人として近江朝廷に仕えていたのだろうか。

人麻呂や古人の荒廃した近江志賀の都に捧げる慟哭(どうこく)の歌は、後の歌人の心を打った。その人は「近江志賀の都は荒廃したが、昔ながらに山桜は咲いているなあ」と歌うのだ。

さざ波や志賀の都は荒れにしを　昔ながらの山桜かな　(『千載集(せんざいしゅう)』)

荒廃した古都と咲く桜、人為の空しさと自然の永遠の美との対比だ。

言わずとも知れたこと、平家一門の西海落ちに際して平忠度(ただのり)の詠んだ歌だ。平家は賊軍と見なされていたので、勅撰集には入れるわけにはいかず、この歌に感動し惜しんだ藤原俊成(しゅんぜい)は、『千載集』撰集に際して「詠み人知らず」として入れたというほどの名歌だ。

壬申の乱に敗れ荒廃した大津京を歌うが、実は焼亡した六波羅を意味させている。万葉の歌は名歌人により再生されたのだ。

明日香風(あすかかぜ)

持統女帝は都を飛鳥から藤原京に遷した。廃都飛鳥を訪れた志貴皇子は、今や大宮人の姿の見られない廃都に立ち歌った。「采女の袖を吹きひるがえす飛鳥の風、今は都も遠く、空しく吹くことよ」と。

采女の袖吹きかへす明日香風　都を遠みいたづらに吹く（巻一・五一）

皇子は、廃都に色鮮やかな衣を身に着けた采女を幻想する。眼を閉じれば、衣の袖は飛鳥の都の風により翻る。目を開けば都も采女もなく、ただ風のみが空しく吹くばかり。都は遠くなり、采女ももうここにはいない。風に吹かれた廃都に立ち尽くす皇子の寂寞たる姿がある。皇子の母は、越道君の娘というから、天智の采女だったのか。

平城廃都

飛鳥から藤原京へ、藤原京から平城京へ、平城京から長岡京へ、長岡京から平安京へ、都は北へ北へと移動する。天の北には北極星が輝く。北極星は天帝の居所で紫微宮と呼ばれている。天皇を天帝と見なし、紫微宮に近づくために都を北へ北へと移動させたのだ。そのために七十四年という長期の都であった平城京も、廃都となる運命から免れ得なかった。

平城京が全く廃都となったのは桓武の延暦三年（七八四）だが、それ以前にも廃都になったことがある。聖武の時代に大宰少弐藤原広嗣が九州で反乱し、天皇はそれの都への波及を恐れてか、平城京を逃げ出し逃亡を続け、転々と遷都し、平城京に戻ったのは五年後であった。

遷都中に荒廃した平城京を見て、人々は悲しんだ。ある歌人は歌った、「繁栄した昔に変わって今は古京となってしまったので、道端の芝草が長く生い茂るばかりだ」と。

立ちかはり古き都となりぬれば　道の芝草長く生ひにけり　（巻六・一〇四八）

柳が風に靡き花の咲いていた都大路は、荒れ果てて今は雑草が生い茂るばかり。別の人は「世間の無常さを今こそ知ったよ。奈良の都のさびれていくのを見ると」と歌う。

世間を常無きものと今そ知る　平城の京師の移ろふ見れば　（巻六・一〇四五）

余りの移り変わりに人々は、人の世の無常に思い当たったのだ。

それでも五年後には平城京は息を吹き返した。しかし、桓武の山城の国への遷都の後は、往時の繁栄を取り戻すことはなかった。

荒廃する平城京は、平城(へいぜい)上皇により歌われ『古今集』に残る。弟嵯峨天皇との政争に敗れ、廃都平城京に戻った平城上皇は、「古京となってしまった奈良の都にも、昔と変わらぬ色で美しく花は咲いているなあ」と歌った。

故里(ふるさと)となりにし奈良の都にも　色は変らず花は咲きけり
（『古今集』春下）

杜甫が作り、人麻呂や古人が歌った人為と自然の対比が、桜の花を点ずることにより、鮮やかに迫ってくる。杜甫は「花にも涙を濺(そそ)ぎ」と言うが、平城上皇も花に涙を灌(そそ)いだであろう。

平城上皇は挙兵を目的に東国に向かいながら、嵯峨方の兵士に阻(はば)まれ断念したのであるから、戦わずしての敗戦である。杜甫の詩、それを意識した芭蕉の句「夏草や兵(つはもの)どもが夢の跡」は廃都平城にそのまま当てはまるのだ。

第四章

弱き者の歌

必読の貧窮問答歌

貧窮問答歌はこのようにして生まれた

遣唐使の歌（六二ページ）を詠んだ憶良だが、実は彼が初めて得た職がこの遣唐使の下っ端事務官だった。年齢は四十歳、長年蓄積した学問の素養が認められての抜擢か。渡唐というチャンスを無駄にしなかっただろう。「万葉万華鏡」をのぞく私は、長安の街頭で乞食坊主の唄う詞、風僧歌（ふうそうか）に耳傾け、メモする憶良の姿を幻想するのだ。「好（はお）！　好（はお）！」と叫び拍手する聴衆のどよめき。乞食坊主は、また唄い出した。

貧窮（ひんきゅう）の田舎（いなか）者、伏せ菴（いお）にどん底のわび住まい。二人は前世の因縁で、此の世で夫
婦になったけど、妻は雇われ稲舂（いねつ）きに。夫も雇われ犂（すき）を引く。黄昏（たそがれ）家に帰り着きゃ、
米も無けりゃ薪（たきぎ）もない。子らは餓（う）えて空（す）きっ腹、まるで断食精進日（だんじきしょうじんび）。
里正（さとおさ）は庸調（ようちょう）取り立てに、村長も共に催促に。頭巾（ずきん）は破れて頭が出、衫（きもの）も破れて

肚の皮覗く。ズボンもなけりゃ鞋もない。嬶はやって来て悪態つき、白髪むしってかき口説く。

里正にゃ脚で蹴とばされ、村長にゃ拳でこづかれる。役場に駈け込み訴えりゃ、背中どやされ帰される。租調なんて何処から出せる。里正が弁償するっきゃない。門口見れば債主の取り立て、戸口入れば貧女房。子らの泣き声小屋を漏れ、重ね重ねのこの苦災。

これよりもっとひどいのが、どの村々にも一、二組。

聴衆の拍手はひときわ高い。側の男に聞くと、あの乞食坊主は、かつては政府の役人をしたこともある王梵志という男だそうだ。世の中の無常を感じ坊主になり、型破りの詩を作っては街頭で唄っているとか。

憶良は急いでその詞をメモした。彼の頭の中には、新しい歌の構想が沸いてきた。貧窮の男が登場して、飢えと寒さと飽くなき誅求を嘆く歌。王梵志は「貧窮田舎漢」に続いて「富饒田舎児」を置き対比させるが、貧窮の男ともっと貧窮の男とのドラマチックな対話構成にしたらどうだろう。王梵志の詩が「貧窮田舎漢」なら「貧窮問答歌」では如何。このような社会派的歌を作った歌人は誰もいないはずだ。憶良には、歌の一節が早くも浮かんできたのである。

竈には　火気ふき立てず　甑には　蜘蛛の巣懸きて　飯炊く　事も忘れて　鵺鳥の　呻吟ひ居るに　いとのきて　短き物を　端截ると　云へるが如く　楚取る　里長が声は　寝屋戸まで　来立ち呼ばひぬ

暇があると憶良は街頭で王梵志の詩に耳傾け、メモをするのであった。華麗な貴族社会とは裏腹に、徴兵と徴税に喘ぐ長安の庶民の間では、王梵志など乞食坊主たちの風僧歌が、梵志体の名で流行していたのだ。

王梵志の「貧窮田舎漢」が余りにも憶良の「貧窮問答歌」に酷似するので、憶良は渡唐していること、両人同時代であることを根拠に、二人の出会いを長安の巷の中に幻想してみたのである。

あの有名な、「金銀玉も何の価値があろう。優れた宝とても、子に及ぶことなどあろうか」という、

銀も金も玉も何せむに　勝れる宝子に及かめやも　（巻五・八〇三）

も、王梵志の「父子共に憐れみ愛し合い、千金もそれに換えることは出来ない」という、

父子相ひ憐れみ愛し　千金も肯へて博ゆべからず

に、基づくのではないか。

それでは憶良の「貧窮問答歌」を挙げよう。

傑作・貧窮問答歌

寒さに耐えてやせ我慢する貧乏役人は歌う、

「風混じりに雨降る夜、雨混じりに雪の降る夜は、どうしょうもなく寒いので」

風雑り　雨降る夜の　雨雑り　雪降る夜は　術もなく　寒くしあれば

「安っぽい塩を少しずつつまみながら、酒粕を湯に溶いた薄酒を啜り啜りしながら、

ゴホンゴホンし、鼻をぐすぐす鳴らし、しっかりとあるわけではないチョビ髭をかき撫でながら、俺以外に立派な人はいまいと自慢をしてみるものの」

堅塩を　取りつづしろひ　糟湯酒　うち啜ろひて　咳かひ　鼻びしびしに　しかとあらぬ　鬚かき撫でて　我を措きて　人は在らじと　誇ろへど

「寒いので、麻の夜具を引っかぶり、袖なしチャンチャンコを有りったけ重ね着するが、寒いこの夜を」

寒くしあれば　麻衾　引き被り　布肩衣　有りのことごと　服襲へども　寒き夜すらを

ここで貧乏役人は極貧の庶民に尋ねる。「俺よりも貧しいお前のような人の父母は、飢えて寒いだろう。妻や子は食べ物を求めて泣くだろうなあ。このような時は、お前さんはどのようにして生きて行こうとするのか」

我よりも　貧しき人の　父母は　飢ゑ寒からむ　妻子どもは　乞ふ乞ふ泣くらむ　この時は　如何にしつつか　汝が世は渡る

極貧の民は答えた。「天地は広大なはずだが、俺のために狭くなったのか。お天道様やお月様は明るく輝いていると言うが、俺を照らして下さらないのか。どの人も皆そうなのか、俺だけそうなのか」

天地は　広しといへど　吾が為は　狭くやなりぬる　日月は　明しといへど　吾が為は　照りや給はぬ　人皆か　吾のみや然る

「たまたま人に生まれたのに、人並みに仕事に励んでいるのに、綿も入っていないチャンチャンコの海藻のように裂き破れボロボロだけを肩に引掛け」

わくらばに　人とはあるを　人並に　吾も作れるを　綿もなき　布肩衣の　海松の如　わわけさがれる　襤褸のみ　肩にうち懸け

「潰れかけ倒れかけたような家の中で、地面に直接藁を敷き、その上で俺を囲むように、俺の頭の方には父母、足元には妻と子がいて、悲しみ溜息をつく。かまどには火の気もなく、蒸し器は使っていないので蜘蛛が巣を張り、飯を炊くことも忘れてしまい、ぬえ鳥のようにうめき声ばかりを出しているのに」

伏廬の　曲廬の内に　直土に　藁解き敷きて　父母は　枕の方に　妻子どもは　足の方に　囲み居て　憂へ吟ひ　竈には　火気ふき立てず　甑には　蜘蛛の巣懸きて　飯炊く　事も忘れて　鵺鳥の　呻吟ひ居るに

「特に短い物を、さらにその端をちょん切るように、鞭を持った里長の『税出せ、税出せ』という声が寝屋の戸口まで押し寄せる。このようにどうしようもないのが生きるということなのか」

いとのきて　短き物を　端截ると　云へるが如く　楚取る　里長が声は　寝屋戸まで　来立ち呼ばひぬ　かくばかり　術無きものか　世間の道

（巻五・八九二）

「貧窮問答歌」を読まずして万葉集を読んだと言うなかれ。確かに大傑作だ。実に生き生きと庶民の暮らしが描かれている。咲く花の匂うがごとき奈良時代においても、これが庶民の実態だったのだ。「いとのきて短き物を端截る」はうまい表現ではないか。いとのきて短い年金の端を、あの税、この税と截られる高齢者は「いよう憶良、よく言った！」と拍手するだろう。

ある法師も里長の過酷な徴税が庶民泣かせだと歌う。檀家の主つまり檀越が法師の剃り残しの髭を見て、馬を繋いで引っ張ったら痛くて泣くだろうねとからかった。それに対して法師は、「檀越さんよ、そんなことを言いなさんな。里長が租税を取り立てたらお前さんも泣くだろうね」とやり返した。

檀越や然もな言ひそ里長が　課役徴らば汝も泣かむ　（巻一六・三八四七）

「な……そ」は、禁止を表す。学校で習った古語文法の初歩だね。

庶民の泣きの根源は重税にあり。税が払いきれず故郷を捨てて逃亡し、人口の多い大都市奈良に紛れ込み、「東西の市の辺りで、乞食をする者が大勢いた」「市の辺りには餓人が多かった」などの記述が、頻繁に史書に見られるのだ。

王梵志の「貧窮田舎漢」の焼き直しなどと非難するのは当たらない。換骨奪胎、断章取義、本歌取りは、巧みなテクニックとして高く評価されていた時代なのだ。

辻芸人の唄うバラード

【辻芸人の口上】

題詞には「乞食者の歌」とあるから門付芸人、辻芸人の徒だ。「万葉万華鏡」をのぞくと、今日も人々で賑わう市の広場に、辻芸人が口上宜しく人を集め、唄い、物真似をして、口銭を稼いでいる。彼の口上はわからないので、某が代わって口上を。

東西東西、かく大勢の皆様方に、この乞食者の身の懺悔、お聞き為されて下さりましょう。生まれ故郷は、おっとこれは申し上げられませぬ。里長に絞り取られる税の苦しさに、はたまた防人に採られ九州くんだりまで飛ばされて、命を失うのは真っ平ごめんと、生まれ故郷を捨て可愛い妻子と別れ別れの無宿者。生きる術とては、持って生まれた口八丁手八丁の器用さを生かし、散楽芸能の物真似での口銭稼ぎ。何と仰せらる、いつもの鹿と蟹の物真似の御所望か。あれに見えまする大きな御殿に居られる大君とやらの犠牲になる憐れな鹿と蟹の物語、何と私めや皆様方と似ているではござりませぬか。

それならば御所望に応じまして、鹿と蟹のあわれな話の物真似を、歌入りで致しまするほどに、終わりましたならば、なにとぞ口銭をお忘れなきよう、隅から隅まで、ずずず、ずぅいと、乞い願い奉りまする。そのため口上、左様。

大君のために死ぬ鹿の悲哀

「さあさあ、ご当地の親愛なる皆様方よ。お聞きくだされ私奴の話を。ここに猟師が居ってな。（ト、以下猟師に扮して）家に居続け、さてどこかへ出かけようと、大和の国は平群の山に、四月と五月の間に、薬猟に出かけたと思し召せ。この片山の二本立つ櫟の木の下で、手挟んだ弓は八本、鏑矢も八本、鹿の若角いざ獲らんと、鹿待つところに、牡鹿がさっと飛び出し、嘆くことには」

愛子　汝背の君　居り居りて　物にい行くとは（中略）平群の山に　四月と

五月の間に　薬猟仕ふる時に　あしひきの　この片山に　二つ立つ　櫟が本に　梓弓　八つ手挟み　ひめ鏑　八つ手挟み　鹿待つと　我が居る時に　さ牡鹿の　来立ち嘆かく

（ト、以下は頭に角を付け鹿に扮して）

「申し申し、御猟師様、間もなく私は殺されまする。それなら死んで大君にお仕え申しましょう」

頓に　われは死ぬべし　大君に　われは仕へむ

（ト、身振り手振りを交えた仕方噺で、間に囃子言葉「はやし」を入れて）「私の角は大君の御笠の材料に、私の耳は大工道具の御墨坩に、きらめく私の目は澄んだ鏡に、私の爪は御弓の弓弭に、私の毛は御筆の材料、私の皮は御箱に貼る皮に、私の肉は御鱠の材料、私の肝も御鱠の材料、私の胘は御塩漬けの材料になりまする。胘をご存知ござらぬか。牛や鹿などの胃で食用になる筋の部分で塩辛に致しまする」

わが角は　御笠のはやし　わが耳は　御墨の坩　わが目らは　真澄の鏡　わが爪は　御弓の弓弭　わが毛らは　御筆はやし　わが皮は　御箱の皮に　わが肉は　御膾はや
し　わが肝も　御膾はやし　わが肱は　御塩のはやし
耆いぬる奴　わが身一つに　七重花咲く　八重花咲くと　申し賞さね　申し賞さね
（巻一六・三八八五）

「年とってしまった奴めでござるが、我が身一つで、こんなに七重の花が咲き、八重の花が咲くと、大君に申し上げてお褒め下されよ。申し上げてお褒め下されよ」

【乞食者の語り】

いかがお聞きなされたかな。死を自覚しながら、死に花を咲かせて天皇のお役に立つことを老いたる奴の光栄と喜ぶとは、何と忠誠の精神に満ちた鹿ではござらぬか。それでもやはり憐れではござりまするな。死して天皇に奉仕する喜び、不惜身命、大君の醜の御楯、命は鴻毛より軽し。いやな言葉を思い出してござる。
さてお次は殺されることとも知らずに、大君の前にいそいそと出頭した、これはもっと憐れな蟹の物語。狂言仕立ての蟹の物真似でお見せ致しましょう。

大君の乾肉となる蟹の悲哀

「罷り出でたるものは、照り渡る難波の入江に小屋を造って、ひっそりと隠れ棲む葦蟹でござる。この賤しく小さな私奴を、大君が召すと申しまするによって、都に上ろうと存ずる」（ト、名乗る。以下道行、見物衆の輪の中を廻り歩く）

おし照るや　難波の小江に　廬作り　隠りて居る　葦蟹を　大君召すと

「何で私を召すのでござろう。召す用のないことは、私めがよっく知っているものを」

何せむに　吾を召すらめや　明けく　わが知ることを

「大君は、蟹の私めが沫を吹くので、歌人として召すのでござろうか。蟹の私めには手が多いので、笛を持って笛穴を押さえるのにふさわしいとて、笛吹きとして召すのでござろうか。それとも蟹の私めには手の数が多いので、琴弾きとして召すのでござろうか。ともあれかくもあれ、御命令を承りに参上致そうと存ずる」

歌人と　吾を召すらめや　笛吹と　吾を召すらめや　琴弾と　吾を召すらめや　かもかくも　命受けむと

「今日今日と歩いて明日になる飛鳥に着き、立てても横に置く勿かれという名の置勿に着き、置勿という所は、後の奈良県大和高田市の奥田でござるぞ。そこを過ぎ、蟹の身なれば、杖は突くわけはござないが、都久野に着いたよ。後の奈良県橿原市桃花野だ」

今日今日と　飛鳥に到り　立てれども　置勿に到り　策かねども　都久野に到り

「ようやく宮廷に着き申して、東の中の門より参り入り、（ト、道行は終り）天皇の御命令を受け賜わらんと控えおりたれば、馬であれば自由に歩けぬように絆を掛け、牛ならば鼻縄を付けるものでござろうが、何と蟹の身に縄掛けられるとは」（ト、脚に縄掛けられ、もがく様）

東の　中の門ゆ　参納り来て　命受くれば　馬にこそ　絆掛くもの　牛にこそ　鼻縄佩くれ

【乞食者の語り】

蟹めが宮廷に着き縛られた話で、第一幕は終わりだよ。第二幕は物作りの場だ。何やら人々が忙しそうに働いているね。

【第二幕】

まず楡の粉作りだ（以下、乞食者は労働者のつもりのしぐさ）。
「この片山にある揉むと粉になる揉む楡の皮を、多くの枝から剝ぎ下げ、空に照る日に毎日毎日干し、鳥の囀り声のようなキイキイ音を立てる足踏みの唐臼で舂き、さらに丁寧に庭に据えた手で舂く手臼で舂き」

あしひきの　この片山の　もむ楡を　五百枝剝ぎ垂れ　天光るや　日の異に干し　囀るや　唐臼に舂き　庭に立つ　手臼に舂き

これで楡粉のでき上がりだよ。お次は塩漬け用の塩の用意だ。

「照り渡る難波の入江の潮水を砂で濾し、最初に採れる塩の初垂を楡粉の中に辛く垂らし」

おし照るや　難波の小江の　初垂を　辛く垂れ来て

故郷の匂いのする塩だなあ。次は瓶の用意だ。

「陶器作りの作った瓶を、今日取りに行き翌日には持ってくるね」

陶人の　作れる瓶を　今日行き　明日取り持ち来

楡粉、塩、瓶、これで第二幕物作りの場は終わりで、次は第三幕だよ。第三幕は塩漬けの場だ。

【第三幕】

（以下、乞食者は再び蟹のしぐさ）縛られもがいて脚をばたつかせ、何事かと四方を見ようと目玉を精一杯伸ばすと、「その目玉に塩を塗り付けられ」、

わが目らに　塩漆り給ひ

濃厚な塩水でこねた楡粉の入っている瓶に入れられたね。何と私めは塩漬けの乾肉、つまり腊にされてしまったのだよ。天皇は「腊を賞味なさるよ。腊を賞味なさるよ」

腊賞すも　腊賞すも

（巻一六・三八八六）

【乞食者の語り】

これで幕だよ。殺されるのも知らないで、はるばる難波から奈良まで旅をした小さな蟹は、何と憐れではござんせぬか。どのような職を与えられるかと、期待で胸わくわくしながら、旅をしたのでござりましょうぞ。

犠牲になっても天皇に尽くす鹿や蟹は、税や兵役の義務に苦しみながらも奉公する

おいら庶民の身の上と同じではござんせぬか。不惜身命、大君の醜の御楯、命は鴻毛よりも軽し、ああ、これは最前申し上げてござるな。滅私奉公、武士は死ぬことと見つけたり、粉骨砕身、幾らでも出てくるね。このお国は、このような言葉が実に豊かでござるな。大君のために身がバラバラにされる鹿や蟹はまさに粉骨砕身でござらぬか。粉骨砕身はたまらんと、おいらは故郷を出奔し、流れ者の旅芸人。今夜は飛鳥川か佐保川の河原で寝ると致しまするか。河原者の身じゃによって。ああ、そこなお方、壬生忠見（ただ見）は、なりませぬぞ。口銭を置いていかっしゃれ。何？ 忠見ではなく、壬生忠岑（ただ見ねえ）と言わるるか。

万葉昼間の悪口

闇の夜の悪口

ここからは歌によってパーハラの被害を受けている人たちが登場する。個人的趣向や容姿、クセなどプライベートでパーソナルな面について文句をつけたりいじめたりする行為をパーソナルハラスメント、略してパーハラと言う。そのような言葉は存在せず、道徳観も倫理観も全く今日とは異なる昔の話。

江戸時代の作家井原西鶴の『世間胸算用』巻四に「闇の夜の悪口」という話がある。大晦日の夜に、京都八坂神社で行なわれる真っ暗闇の中で誰彼かまわず悪口を言い合う白朮祭の様を描く。

「おのれはなぁ、三月以内に餅が喉につかえて、鳥辺野で葬礼するわい」
「おのれが姉は腰巻せずに味噌買いに行くとて、道で転びおるわいやい」

周りの人の笑いを引き起こすことにより、仲間意識が強くなるとか、悪口を言うことにより、鬱積した感情を解放するのだなどと、説明されているが。

それでは闇の夜ではなく、「昼間の悪口」万葉版を。

痩せっぽちを笑う大伴家持

まず登場していただくのは、万葉きっての大歌人大伴家持。彼も痩せっぽちを笑うパーハラに与したのだ。

嘲笑の対象になったのは、いかにも高齢で痩せた老人を思わせるその名も「老」

の吉田連老、だがこの男の字は逆に頑丈そうな「石麻呂」。左注は老の人となりを「身体甚く痩せたり。多く喫飲すれども、形飢饉に似たり」と書く。飢えた人のようだというのだ。

家持はよほど、からかいたかったのか、ご丁寧に二首も作った。まず一首目は「石麻呂様に申し上げます。夏痩せには良いそうですから、鰻を取って召し上がりなさい」と、

石麻呂にわれ物申す夏痩に　良しといふ物ぞ鰻取り食せ　（巻一六・三八五三）

というのだが、歌い出しの「石麻呂にわれ物申す」から、ふざけている。歌には全くなじまない表現で、これは天皇の命令を伝える文書の宣命や正倉院文書などに見られる「～の御前に申す」に倣った諧謔的表現だ。

史料上の鰻の初出がこの家持の歌なのだが、歌や作者名は知らなくても、夏痩せ―鰻の関係はすっかり有名になった。家持は夏の土用の鰻の宣伝に一役買っているのだ。

家持はさらにいう、「痩せていたって、生きていればいいではないですか。もしかして鰻取りに川に入って流されますな」と歌う。

痩す痩すも生けらばあらむをはたやはた　鰻を取ると川に流るな

（巻一六・三八五四）

「石だって流されることはありますからね。石麻呂さん、ご用心ご用心」

左注は、吉田老は儒教道徳を備えた士だったという。謹厳実直、石部金吉、だから字は石麻呂とは、でき過ぎている。この道徳の手本のようなお方だから、家持は宣命のような「われ申す」などと、からかい半分に歌ったのだ。

お次は池田朝臣。池田朝臣は痩せっぽちの大神奥守を嘲笑した。「寺々の女餓鬼が申すには、『痩せっぽちの大神さんという名の男餓鬼を頂いて、その種を播きましょう』と」。

寺々の女餓鬼申さく大神の　男餓鬼賜りてその種子播かむ

（巻一六・三八四〇）

「スリムなあたしたちには、スリムな男餓鬼が相応しいわ」というのだ。スリムも度を超すと嘲笑の対象になる。男餓鬼の種子を貰って播くなどと言う表現もえげつなく、非貴族的ではないか。

女が女を嗤う

パーハラで相手を嘲笑するのは男同士かと思うと、女も隅に置けない。児部女王という伝不詳の女は、ある醜男を「角の膨れたような男」と嘲笑し、その男を左注は、醜男と同じ「媿男」と書くから、ますます始末が悪い。膨れた角のような男というのはどんな容貌？　角氏のブクブク太っちょ男？　など詮索すると、こちらもパーハラになる。桑原桑原。

この歌も左注から話したほうがわかりやすい。

尺門氏に娘がいた。美女なのでどのような男とでも結婚できるのに、身分の高いイケメンと結婚することをせずに、よりによって身分の卑しい媿男の求婚に応じた。そこで児部女王がその娘を「愚かな女だ」と嘲る歌を作った。

女王いわく「美女は誰だって嫌ではなかろうに、尺門少女は何だって角のブクブク太っちょ男にくっついたのだろう」と。

美麗もの何所飽かじを尺門らが　角のふくれにしぐひ逢ひにけむ

（巻一六・三八二一）

「しぐひ逢ひ」は意味のわからない言葉。女王よ、そんなパーハラのことを言うなよ。「蓼食う虫も好き好き」という諺もあるぞと言いたいところだが、この諺は、当時はなかったかも。

第五章

防人の歌

兵役の義務

二十一歳から六十歳までの男子には徴兵の義務がある。六十歳近くの老兵がものの役に立つのか。運のいい者は各国の国府にある軍団に配属され、東国の運の悪い者は、遠い遠い九州の大宰府や壱岐・対馬に派遣される。これが防人だ。もっとも、九州各国軍団の兵士も、防人として離島に派遣されることはあったが。

兵役年限は軍団兵士も防人も共に三年間だが、防人は往復に日数がかかり、四年半か五年は故郷を離れた。だから徴兵された者の中でも、防人は悲惨だった。

防人の歌には「大君の命かしこみ」のフレーズが目立つ。「かしこみ」には「畏み」を当てて、恐れ多いと訳すが、恐怖を感じて縮こまり畏まる状態が本来の意味だ。恐怖なのだ。「天皇の命令が恐ろしくて」だ。徴兵は拒否できない。拒否は勅命違反で縛り首の刑が待つ。当時、庶民が逃亡・浮浪する二大理由が、重税と徴兵であった。

愛しけ妹

情痴の歌

防人として派遣される少なくとも四年間ほどは、妹を愛することができない。長の別れが目前に迫っている。常陸の国那賀郡の大舎人部千文は、昼間であるにもかかわらず、ヒシと百合の花のような妻を抱いた。これが最後の抱擁になるかもしれないと。千文は歌った、「筑波山の百合の花のような香りのする夜のベッド、そこで愛しい妻は昼も愛しくて」と。

筑波嶺のさ百合の花の夜床にも　愛しけ妹そ昼も愛しけ（巻二〇・四三六九）

二人を包み込むかのように、ユリの花の甘ったるい匂いが立ち込める。危地に赴く夫と妻、「昼も愛しけ」に哀感が漂うではないか。この歌を「情痴」と評した研究者もいるが、情痴の様を演じさせているのが、公権力であった。

東国農民の歌には、頻繁に東国訛りが入る。百合はユリ、夜床はヨドコだ。「そ」は平安後の語法では馴染みの「ぞ」。

千文は情痴の歌に続いてもう一首歌う。「鹿島神社の神に祈願をこめて、天皇の軍隊に私は加わってきたものを」と。

霰降り鹿島の神に祈りつつ　皇御軍にわれは来にしを　（巻二〇・四三七〇）

初句の「鹿島」に冠されている「霰降り」は、霰の降る音がパラパラとカシマしいので、同音の「カシマの神」の枕詞になったという。「鹿島の神」は鹿島神社祭神である武の神タケミカヅチの神だ。

この歌は、かつての大戦中に政府指導で出された「愛国百人一首」に戦意高揚の歌として選択された。選者の川田順は「われは来にしを」は、「われは来たのであるものを、なんで逡巡するものか、しっかりお勤めを果たすぞ」などと解した。

しかし、どうして「なんで逡巡するものか」となるのか。「しっかりお勤めを果たすぞ、の決意」は歌のどこから出てくるのか。

この歌は、愛欲・情痴と評される百合の花の歌の次に置かれている。昼も夜も愛撫して飽くことなき妻、それを残して筑紫へ、無事に帰還して可愛い妻を再び愛撫した

い、無事帰還をと、鹿島の神に祈ったのではないか。「来にしを」は「来たものを、無事に帰ることができるかどうか」と不安と危惧の思いを末尾に込めた歌だ。決して武人の覚悟もしくは決意を表明する歌ではない。

防人に出る夫との別れを悲しみ、妻は男に絡まり付き離れようとしない。上総の国天羽郡 丈部鳥の妻もそうだ。だが、夫は行かなければならない。「道のほとりのイバラ、その先に這い伸びた豆の蔓が絡まるように、俺に絡みつく貴女に別れて、俺は行くのか」。

道の辺の茨の末に這ほ豆の　からまる君を別れか行かむ　（巻二〇・四三五二）

イバラに絡みつく蔓のように、夫に絡まりすがりつき、声を振り絞って「行っちゃいや」と絶叫する妻。その妻をむりやり、むしり取るように、引き離して旅立つ夫。泣きの涙で妻に別れてきた防人は辛かったに違いない。かつての大戦でもそうだった。だが、このような悲しい経験を思い出し、涙する人は、もう少なくなっただろう。「君」は女が男に呼びかける語だが、ここでは、その逆だ。「茨」はイバラ、「這ほ」はハフ、「別れ」はワカレの東国訛り。

下総の国市原郡 刑部直千国の妻は、葦で編んだ垣根の隅に隠れるようにして夫を見送った。旅行く千国はそれを思い出しながら、つぶやくのである。「葦垣の隅に立って吾が妻が、涙で袖をぐっしょり濡らしながら泣いていた姿が思い出されて」と。

葦垣の隈処に立ちて吾妹子が　袖もしほほに泣きしそ思はゆ（巻二〇・四三五七）

「しほほに」はぐっしょり濡れた状態だが、古典での用例はこの千国の歌だけ。妻の泣き崩れる様子を見て、思わずこの言葉が口をついて出てきたのか。いかにも濡れる状態を的確に表している。東国農民の造語力に驚くではないか。

逃亡防止のために、防人に指名されて出発までの期間は短かったらしい。あわただしい日が続く。後のことが気にかかる。「防人として出発する騒ぎのために、妻に仕事のノウハウを言わないで来てしまったよ」と嘆くのは、常陸の国茨城郡若舎人部広足だ。

防人に発たむ騒きに家の妹が　なるべき事を言はず来ぬかも（巻二〇・四三六四）

「なるべき事」というのは農事全般の仕事のことだ。

徴兵免れた男の妻

本文は題詞も左注もなく歌だけ。

防人に行くは誰が背と問ふ人を　見るが羨しさ物思もせず　（巻二〇・四四二五）

「背」は夫のこと。「『あの防人に行く人は、どなたの夫なの』と尋ねている女を見ると、何と羨ましいこと。この女は物思いもなくて」というのだ。これでも歌の理解はできるが、単なる訳だけでは、もったいない程ドラマチックな歌に思われる。「万葉万華鏡」をのぞこう。

出立つ防人見送りの中に、防人徴発を免れた男の妻がいた。笑みさえ浮かべながら隣にいる女に声を掛けた、
「あそこの防人さん、見たことある人だけど、どなたの御主人だったかしらねえ」。声を掛けられた女こそ、その防人の妻であった。その妻は、屈託のないその女の横顔を見ながら羨望と嫉妬と悲哀が入り混じり、心の中で呟くのであった、
「貴女の亭主だって、いつかは防人に徴兵されるのよ。来年あたりかもね。その時あ

たしは言ってやるわ、『防人に行くは誰が背』と」。

野次馬的好奇心などが複雑に絡まった小説的な内容の歌ではないか。かつての大戦の時、赤紙といわれたたった一枚の召集令状が、天国と地獄の境目になった。この防人に徴集された夫の妻と屈託なく尋ねる女が、その境目に立っているのだ。

寒さの中の長の旅

大君の命令とあれば、背くことなど、どうして、どうして。妻を連れて行くこともできない。家では抱いていた妻と別れ、これから俺は何を抱いて寝るのか。「大君の命令を恐れ受けて、弓と共に長い夜を過ごすのか」と下総の国相馬郡大伴部子羊、

大君の命かしこみ弓の共　さ寝か渡らむ長けこの夜を　（巻二〇・四三九四）

妻の代わりに弓を抱いたって、ちっとも暖かくないよと、辛い日々を嘆くその名も優しい子羊さん。故郷を出発するのは、農閑期の二月、相馬郡は現在の茨城県取手市の辺りで利根川の北岸、冬の寒さはまああという所。そこの住人が行く東山道の冬の夜は厳しかろう、ねえ、子羊さん。

「共」はムタ、「長け」は長キの訛り。

弓よりは衣を重ね着する方がましだが、しかし、二月の旅寝の夜の寒さはそれでも寒い。上総の国望陀郡玉作部国忍は「旅の衣を何枚重ね着して寝たって、やっぱり肌寒いよ。衣は妹ではないので」と悲痛な声を上げた。

旅衣八重着重ねて寝のれども　なほ肌寒し妹にしあらねば（巻二〇・四三五一）

「妹の豊潤で温かい肌が恋しい！」と歌う国忍の住む望陀郡は、房総半島の現木更津市・君津市辺りだ。東京湾に臨み冬でも花咲く温暖の地。東山道でガタガタ震えているイメージが浮かぶではないか。だから思わず余りにも生々しい「肌」などという露骨な言葉を使った。貴族が表立っては使用しない卑語だ。

妻を思い遣りつつ

遠江の国長下郡の物部古麻呂は、絵心があったのだろうか。鳥が立つようなあわただしい出発、妻の似顔絵を描けなかったことを悔やむ。「妻の顔をスケッチする暇が欲しかった。旅行く俺はそのスケッチを見て妻を忍ぼうものを」。

わが妻も絵に描きとらむ暇もが　旅行く吾は見つつしのはむ（巻二〇・四三二七）

戦中、胸のポケットに、手帳の中に、妻や恋人の写真を潜めていた兵士は、少なくなかったという。

「暇」はイトマの訛り。

夫が出征し後に残る妻を戦中は、銃後の妻と言った。銃後の妻の苦労を思い遣る防人もいた。駿河の国玉作部広目である。子育ての苦労、戦地の夫への想いなどのストレスが溜り、妻はどうしているだろうか。「俺の旅立ちは仕方ない旅と諦めてはいるが、子持ちのために痩せているだろう妻が愛しいよ」と歌う。

吾ろ旅は旅と思ほど家にして　子持ち痩すらむわが妻かなしも（巻二〇・四三四三）

「思ほど」「家」「持ち」「妻」は、都人の発音では「オモへど」「イへ」「モち」「メ」だが、訛りの多いこの歌に、かえって朴訥な東国農民の率直な妻思いの感情をみるのだ。

他の男の手に落ちる椿

防人たちは故郷に妻を残してきている。俺の留守中に、まさかあの妻の心変わりなどあるはずはないと信じているが、ふと、心に不安のよぎることもある。ある防人は「俺の妻を他人ばかりの他村に置いてきて、心晴れぬ覚束(おぼつか)ない不安な暗い気持ちで、その里を振り返り振り返りしながら、この道をやってきたのだ」と落ち込む。

己妻(おの)を人(ひと)の里に置きおほほしく　見つつそ来(き)ぬるこの道の間(あひだ)（巻一四・三五七一）

巻一四「東歌」にある防人歌で、第二句の原文「比登乃佐刀」に多くの注釈書は「人の里」を宛てているが、「他人の里」とする注釈書もある。作者の里ではなく他の村落か。妻の家のある里などか。「おほほしく」は「おぼつかなく」「不安で」の意だ。「己妻」と「人の里」との組み合わせに、留守中に俺の妻に言い寄る男を予想する不安感がうかがわれるではないか。

武蔵の国荏原(えばら)郡物部広足(もののべのひろたり)もその一人で、故郷の妻への不安感を消すことができなかった。「わが家の門のそばにある片山椿(かたやまつばき)の花よ。本当にお前は俺がしばらく留守をして手を触れないのに、ポトンと土に落ちるのかなあ」。

わが門(かど)の片山椿(かたやまつばき)まこと汝(なれ)　わが手触(ふ)れなな土に落ちもかも（巻二〇・四四一八）

広足は椿の花の落ちるのを心配しているのではない。花に己の妻をたとえ、ポトンと落ちるということは、妻が他の男の手にポトンと落ちることの比喩だ。俺が留守をして妻に触れることができない間に。「触れなな」は「触れないのに」という意。「片山椿」というのは山の傾斜地に生えている椿だから、門の傍らにあるなら単に「椿」であって、「片山椿」ではない。それを「片山」としたのは、夫婦の片一方を残していく状態の比喩であろうか。

そんなことはない、しっかりと固めてきた妻の心だからと歌う下総の国猨島郡の刑部志加麻呂さえも、不安は消し難く、「ドアに釘を差し込んでしっかり固めるように、他の男によろめくことのないように、しっかり固めた妻の心だが、動揺しているだろうか」と歌うではないか。

群玉の樞に釘刺し固めとし　妹が心は揺くなめかも　（巻二〇・四三九〇）

「群玉」は沢山の玉がクルクル廻ることから「樞」の枕詞、「樞」はくるる戸でドア。竪穴住居の出入り口はドア方式だった。「揺くなめかも」は「揺くなむかも」の訛りで、「かも」を単なる疑問と解するならば「動揺しているだろうかなあ」だし、踏み込んで反語とすれば「動揺しているだろうか、いや、そんなことはない」だが、どちらだろうか。志加麻呂の心も揺らぐのである。

親子涙の別れ

親の言葉が忘れられない

防人の年齢は二十一歳以上だから、駿河の国 丈部稲麻呂(はせつかべのいなまろ)も年齢的には立派な大人。しかし、親から見れば可愛い子。稲麻呂は出発の時「親が頭を撫でて『無事でいよ』と言ってくれた言葉が忘れられなくて」と歌った。

父母が頭(かしら)かき撫(な)で幸(さ)くあれて　いひし言葉(けとば)ぜ忘れかねつる　（巻二〇・四三四六）

親は「元気で帰ってこい」と励ましたのだ。これが親心というもの。だが、かつての戦中は心の内はどうあれ、表向きは「死んで帰れ」と言わざるを得なかった。万葉集を持って出陣した学徒兵は稲麻呂と同年代だが、この歌をどのような気持ちで読んだだろうか。

「幸くあれて」は「さきくあれと」、「言葉(けとば)ぜ」は「ことばぞ」の訛り。

上総の国山辺郡物部乎刀良もいい青年になっているのに、それでも母にとっては子供だ。「お母さんが袖で撫でてくれながら、防人に行く私ゆえに、さめざめと泣いたことが忘れられないよ」と、歌った。

わが母の袖もち撫でてわが故に　泣きし心を忘らえぬかも　（巻二〇・四三五六）

いつになっても母は恋しい。上総の国日下部使主三中は国造丁とあるから、地方名家の息子だろう。「お母さんの許を離れて、本当に私は旅の仮の宿りで安眠できるだろうか」と、

たらちねの母を別れてまことわれ　旅の仮廬に安く寝むかも　（巻二〇・四三四八）

とは、幼い幼い。かつての大戦の十代後半の少年兵を思うのも、戦中派の性か。お父さんの国造も、この若者を防人に遣りたくなかった。止めることができないなら、せめて息子に付き添って行きたい。「家でお前のことを恋い慕っているよりは、お前が腰に下げていく大刀になって一緒に行き、守ってやりたいのだよ」と苦悩するのだ。

家にして恋ひつつあらずは汝が佩ける　大刀になりても斎ひてしかも

（巻二〇・四三四七）

親を残して

駿河の国橘郡の丈部足麻呂は父親との二人暮らしだったに違いない。防人に行く子の父親だから若くはない。後に一人残す父親に後ろ髪を引かれるような気持ちで、足麻呂は出発するのだ。彼の住まいは「橘の美袁利の里」、美袁利の里といっても、今はやりの老人ホームの名前ではない。駿河の国橘郡美袁利郷だが、現在のどこの地かわからない。

足麻呂は「橘の美袁利の里に父親を置いて、長い長い道を行きかねることよ」と、溜息をもらすのだ。

橘の美袁利の里に父を置きて　道の長道は行きかてぬかも　（巻二〇・四三四一）

「俺の留守の三年間、いや往復の旅程を入れると四年間か。その間、老父の面倒は誰が見てくれるのか」。一歩歩いては美袁利の里を振り返り、二歩歩いては振り返り、父親の無事を祈るのであった。
これらの歌のように、多くの防人には親がいただろう。大君の御命令によっての旅なれば、後に残す親のことは悩みの種。いっそ、忘れてしまおうか。「忘れよう忘れようと野を行き山を越えて俺は来たのだが、ああ、父母のことは忘れられないんだなあ」とため息をつく駿河の国商長首麻呂。

忘らむて野行き山行き我来れど　わが父母は忘れせのかも　（巻二〇・四三四四）

凡人の悲しさよ。「忘らむて」は「忘らむと」の、「せのかも」は「せぬかも」の東国訛り。

幼な子を一人残して

親を残すのは辛いが、子を残すのはさらに酷だ。こちらは子を残していく信濃の国小県郡の国造他田舎人大島、「ちゃん、行っては嫌だよぅ」と裾に取りすがり泣く母なし子を突き離して旅立つのだ。父親は肺腑を絞るように、呻き声を出した、「韓衣の裾に取りすがり泣く子を置いて来たことだ。母親もいないのに」と。

韓衣裾に取り付き泣く子らを　置きてそ来のや母なしにして（巻二〇・四四〇一）

母は死亡したのか、離婚か。「子ら」は複数の子を表すのではなく、「ら」は愛称であり、今に言う「子ども」で、一人っ子でもいい。私はそう読み取ることにより、父親の悲哀をさらに深く感じるのだ。大島は国造だから「韓衣」という舶来の衣を来ており、ヒラの防人ではなく階級は上で、部下を統率する責任がある。立場上からも母なし子を振り捨てて行かなければならないのだ。哀切極まりない歌だ。大君の命令はかくも残酷なものか。「衣」はコロモの、「来のや」は「来ぬや」の東国訛り。

平安初期にできた『日本霊異記』には、故郷の妻に会いたいばっかりに、伴ってきた母親を殺害する防人の話もある。働き手を奪い、父を奪い、子を奪い、一家をガタガタに崩壊させてまでも、大君のために尽くすのが、公民の義務なのか。

醜の御楯

張り切り防人

「醜の御楯」を戦中派は苦々しい思い出で読み、今の若者はどう読むかもわからない。シコノミタテだ。天皇を護る卑しい楯ということ。

その勇ましい張り切り男は、下野の国防人軍団の中の火長今奉部与曽布。火長というのはヒラの防人一〇人を統率する最下級の指揮官だ。彼は部下を鼓舞するように歌った、「今日からは一身を顧みず、大君を護る卑しい御楯となって出発するのだ、私は」と。

今日よりは顧みなくて大君の　醜の御楯と出で立つわれは　（巻二〇・四三七三）

大君の御楯たる光栄、忠勇の至情などと、戦中は万葉集最高の名歌と讃えられた。これこそ防人の精神と推奨し、防人歌全て、いや万葉集全歌がこの類と国民を錯覚させた。

太平洋戦争中、死地に赴く兵士たちは、手紙に遺書に「今日よりは顧みなくて」や「醜の御楯」などのフレーズを引用した和歌を作り、書き残した。

だが、防人歌全体の中に位置させると、極めて異常な発想の歌であることは明らかだ。他にはこれ程正義感に溢れ士気の高揚(こうよう)した歌は、防人の歌八七首、父の歌一首、妻の歌一〇首、合計九八首中わずか二首ほどに過ぎない。

なぜ、与曽布のみ戦意高揚歌を作ったのか。与曽布だって郷里では一人の農民に過ぎないのだが、それが火長という指揮官になり部下を持てば、国府で受けた皇軍教育に忠実な、忠君の精神に燃えた男に変貌せざるを得なかったのか。故郷においては、ヒラの防人たちとさして変わらない農民という社会的地位と、軍隊組織内での地位の落差がもたらした高揚心であった。

もう一人いた張り切り男

もう一人戦意高揚の歌を作った防人がいる。「今日よりは」の歌に続く同じく火長の大田部荒耳(あらみみ)である。名前さえも荒々しく張り切りそうだ。彼は「天地の神々に無事を祈って矢を靫(ゆぎ)に差し、筑紫の島を目指して行くのだ、我は」と、部下を鼓舞するが如く豪快に歌った。

天地の神を祈りて征矢貫き　筑紫の島をさして行くわれは　（巻二〇・四三七四）

防人歌は難波に集結したときに提出されたのであるから、乗船前の心意気を歌ったのである。颯爽と軍船の舳に立って、壱岐・対馬を目指す己の雄姿を想像しているのであろう。

「征矢」は狩猟用の矢だが、単に矢の意味に用いたか。あるいは、防人が正式な武具を与えられるのは大宰府に着いてからだから、個人的に用意した矢が、たまたま日常使用の狩猟用だったのか。

戦意高揚の防人歌は与曽布と荒耳のわずか二首に過ぎない。そのわずか二首が国民精神総動員・戦意高揚等の合言葉に適合する歌として、過剰なまでに利用・喧伝され、あたかも全防人の精神であるかのように、拡大解釈されたのである。

令和の改元の狂騒曲の中で万葉集は国書としてべた褒めされ、庶民の歌として「防人の歌」という名も挙げられている。どのように防人歌を理解しているのか、為政者の防人歌賞揚に苦い経験を持つ戦中派は、万葉狂騒曲に一抹の不安を感じるのだが。

第六章

男と女の間の歌

恋もいろいろ

女こそ我が生きがい

藤原道長は息子が出家をすると言い出した時、「どうしてそんなことを思い立ったのか。官位が不足なのか。それとも、何とかして手に入れたいと思っている女のことなのか」と尋ねた。男は女と官位獲得に奔走する。奈良時代でも同じだ。

藤原鎌足(かまたり)は、臣下の手出しのできない采女の安見児(やすみこ)を、勅許を得て手に入れた。すっかり有頂天になった鎌足、余りの嬉しさに喜びの歌が口を突いて飛び出した。「俺は安見児を得たぞ、皆人が得ることのできないと言う安見児を得たぞ」と。

われはもや安見児(やすみこ)得たり皆人の　得難(えがて)にすといふ安見児得たり　（巻二・九五）

この手放しの喜びようはどうだ。読むほうが恥ずかしくなるような。恋歌の多い『古今集』をみても、恋に揺らぐ心の歌がほとんどで、恋を得た喜びの歌はほとんどない。

鎌足は女を手に入れただけではなく、官位も人臣最高の大織冠内大臣に至り、男の幸せの極致を極めた男だった。

五十歳になっての初めての恋

平安時代末期に、後白河法皇が流行り歌を集めた『梁塵秘抄』に、「娑婆にゆゆしく憎きもの（中略）頭白かる翁どもの　若女好み」というのがある。「世の中で非常に憎らしいものは、頭の白くなった年寄りが、年がいもなく若い女に狂う有様」と、老いらくの恋を揶揄したのだ。

しかし、老いなどなんのその、愛の炎を燃やした男がいた。大宰府の下っ端役人だった大伴百代で、百代という名も、なかなかいい。

女にもてる俺ではなし、働いても先は知れている。まあ、こつこつやっか。五十歳くらいで、ようやく都離れた国の下っ端役人。ところが心を乱す女が現れた。大宰府の遊女か現地の娘か。勤め一筋の男の平凡な生活がガラリと変わり、頭白かる翁は喜びの声を上げた、「今までこれはという事もなく生きてきたものを、老境に入ってこのような恋に私は遇ってしまったよ」と。

事も無く生き来しものを老なみに　かかる恋にもわれは遇へるかも（巻四・五五九）

「老いなみ」とは素敵な言葉だ。今まで生きてきた年数を、寄せる波にたとえたのだ。誰だ、顔の皺が波のようだからなんて言うのは。

老いらくの恋は、命のゆとりがないので、一気に燃え盛る。恋死になんてまっぴら。「恋焦がれて死んでしまった後は、どうしようもないではないか。生きている日々のために、貴女に逢いたいのだ」、死んで花実が咲くものかと百代、

恋ひ死なむ後は何せむ生ける日の　ためこそ妹を見まく欲りすれ（巻四・五六〇）

恋力が百代に生きる力を与えてくれた。埋火となってしまっていた性を掻き立てた彼は、その後二十年は生き、五位に達して貴族官僚の仲間入りができたのだ。

男だけじゃない。女だって負けるものかと石川郎女。「年老いた婆さんのくせに、これほどまでも恋に溺れるものだろうか。まるで幼女のように」と歌う。

古りにし嫗にしてやかくばかり　恋に沈まむ手童の如（巻二・一二九）

娘のように若返って恋をした石川郎女は大津皇子の侍女で、相手の男は大伴旅人の弟宿奈麻呂だ。

センス抜群の「恋力」

大伴百代は恋のエネルギーを老人力に転化させ、貴族の仲間入りができた。ある下級官僚、家柄もよくないし、コネがあるわけでもない。ひたすらコツコツ真面目に勤めて六位になったものの、五位にはなれないし、もう先は見えている。努力も限界と知ったこの男、それならばと、専ら女に情熱を燃やす。

それでも同僚の出世を見ると、ふと、儚い望みが頭をもたげる。が、俺なんてとてもとてもと自嘲的に歌った、「近頃の俺の恋に掛ける力を書き集めて功績として申請したら、五位の位は貰えるはずだ」と。

この頃のわが恋力記し集め　功に申さば五位の冠　（巻一六・三八五八）

この男のセンスは抜群だ。今でこそ「恋力」という演歌があり「恋ノチカラ」というテレビドラマが作られ、恋力アップだとか恋愛力相談などの記事が氾濫する。その「恋力」という語を創りだしたのが、この男だから。

この男、どこの何麻呂やら名がわからない。ひょっとすると市の酒場で飲んだくれて戯れ歌を作り歌っていたヤサグレ役人か。右手に盃、左手に女を抱え込みながら、「恋力一馬力で位が一ランク上がるとすると」と、あの女、この女と指折り計算、「五位に達するぞ」と、女と共に高笑い。

女は男にもたれかかり、酒を注ぎながら甘ったるい声で、

「ねえ、もし、くれなかったらどうするのよぅ?」

「近頃の俺の恋力に応じて何も頂けないならば、京のお役所に訴え出るまでよ」

この頃のわが恋力給らずは　京兆に出でて訴へむ

（巻一六・三八五九）

男は高笑い。

この男、ヤサグレにしては学がある。京職という日本語があるのに、わざわざ「京兆」などという中国語を使う。訴えられた裁判所はどんな判定を下すだろうか。

人妻との恋

シンガーソングライター親王

天平シンガーソングライターの彼には、酒がたけなわになるといつも歌うスタンダードナンバーがあった。「いよう、待ってました！　恋の奴隷！」、彼には手にする琴よりも、ギターが似合うだろう。

天平のシンガーは爪弾きながら、歌った。「家にある箱に鍵をして、その中に閉じ込めておいた恋の奴(やっこ)が飛び出して来てね、いやあ、俺に取り付いてね」

家にありし櫃(ひつ)に鏁(かぎ)刺(さ)し蔵(をさ)めてし　恋の奴(やっこ)のつかみかかりて　（巻一六・三八一六）

爪弾き歌う男は、天武の皇子穂積(ほづみ)親王。奈良時代初めには一品(いっぽん)知太政官事(ちだいじょうかんじ)になっているから、今ならば一位総理大臣という高級官僚だ。恋の奴につかみかかられた皇子は、恋の奴隷となる。「恋の奴隷」という演歌があった。
「恋の奴は門を閉めようと、そんなのお構いなし。どこから忍び込んで取り付き、このように恋の迷いに引きずりこむのか。恋の奴には門なんてないのだなあ」という歌もある。

いづこより忍び入りてか惑ふらむ　恋は門なき物とこそ聞け

（『古今六帖』第二「門」）

平安時代の歌集からだが、この歌の通りだ。誰が歌ったのだろう。

天武の異母兄弟や姉妹同士の恋の話

スタンダードナンバーを歌う穂積皇子の奥さんは、大伴旅人の異母妹の大伴坂上郎女。それにもかかわらず皇子に取り付いた恋の奴は誰？　それは高市皇子の奥様の但馬皇女よ。
高市皇子も天武の御子で、長男であり学才に秀で人望も厚い。但馬皇女は高市皇子の異母妹。要するに、天武の異母兄弟姉妹同士の恋の話ということ。

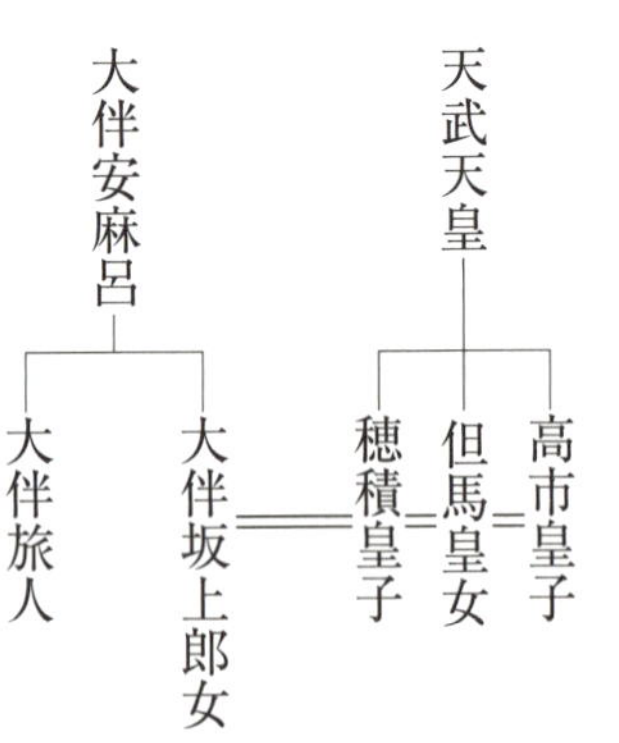

さて「但馬皇女が高市皇子の宮にいらっしゃったときに、穂積皇子を恋い慕ってお作りになった歌」と題して「稲穂が風で片方に寄るように、私は貴方の方に寄りたいの。周りの人の言葉が耳痛くても」と歌った。

秋の田の穂向(ほむき)の寄れるかた寄りに　君に寄りなな言痛(こちた)くありとも（巻二・一一四）

「かた寄り」の原文は「異所縁」とあり、「異に縁り」で、異は夫と異なる人を意味させるのか。「寄りなな」の「なな」は「〜したいなあ」。

トップクラスの貴いお方の、しかも異母兄妹間の密通事件だから、ひそひそと口の端に上ってたちまち噂は広がる。「噂を立てられても一向構わないわ」と、この押さえられない恋情から、皇女は皇子の許に密かに通うという大胆なことをやらかす。

題詞は「但馬皇女の高市皇子の宮に在しし時に、窃かに穂積皇子に接ひて、事すでに形はれて作りませる御歌」と、題詞の筆者も噂を広げる都雀の片棒を担いだ。

さてその御歌は「人の噂が多くうるさいので、生まれてこの方、渡ったことのない夜明けの川を渡るのよ」と言うのだ。

人言を繁み言痛み己が世に　いまだ渡らぬ朝川渡る　（巻二・一一六）

題詞原文に「窃かに」とあるが、「窃」は「密」よりも、厳しい状態を表している。二人の密通は既に噂となっており、それにもかかわらず、朝帰りするのだ。

通常は男が女の許に通うのだが、穂積皇子が通えない事情があって、皇女が通う。女が人目を忍んで男の許に通う、この真逆が皇女の激しい恋慕の情を表しているではないか。

高市皇子という夫がありながら、大伴坂上郎女を妻とする穂積皇子と密会する。噂になった天武の御子同士のラブアフェアを捨てておけず、勅命で皇子に近江の山の中の志賀寺に蟄居を申し付けた。

離された皇女は「残されて恋し続けるより、後を追って行きましょうから、道の曲がり角ごとに、印を付けておいてくださいね、吾が君様」と、歌うのである。

後れ居て恋ひつつあらずは追ひ及かむ　道の阿廻に標結へわが背（巻二・一一五）

激しい恋力は生きる力とならず、逆に恋に力も尽き果ててか、皇女は亡くなった。冬の雪降る日に、遥かに皇女の墓を眺めて哀しみの涙を滂沱と流し、皇子は「降る雪よ多く積もるなよ。吉隠の猪養の岡に眠るあの方が寒いだろうから」と歌った。

降る雪はあはにな降りそ吉隠の　猪養の岡の寒からまくに（巻二・二〇三）

「あはにな」の「あは」は「多」と同じ語か。「吉隠の猪養の岡」は、奈良県桜井市吉隠に在る丘で、穂積皇子のいる藤原京からはかなり離れており、墓は見えないだろう。墓の方角を見やって歌ったのだ。

何と心を打つ歌か。白雪がうっすらと積もりこんもりした墓は、真綿のように白く柔らかく温かい布団を思わせ、その下に眠る皇女は恋を全うして満ち足りた幸せであるかのように思ってしまう。

だが、皇子は極めて現実的に雪の冷たさに目を向ける。雪布団では寒かろう、これ以上布団を重ねてくれるなと念じるのである。できることならば、雪布団に自分も入り、冷たい皇女を抱いて肌で温めてやりたいという気持ちがうかがえようか。

その後、穂積皇子が恋の奴につかみかかられることのなかったことを、皇女のために祈ろうではないか。穂積皇子の亡くなったのは、皇女歿後七年目であった。

人妻の魅力

万葉妻百景を挙げようか。『枕草子』風に言うならば「妻は」だ。妻は、言縁妻、寄妻、人妻、朝妻、斎妻、奥妻、思妻、心妻、恋妻、籠妻、遠妻、乏妻、愛妻、花妻、一夜妻、目妻、等々。どれもこれも愛情に満ちた言葉だ。

なかでも人妻という言葉には魅惑的なニュアンスがある。相聞歌、つまり恋歌の多い万葉集の中では、「人妻」と断って恋する歌は多くはないが、作者の想いがストレートに迫ってくる。

最も知られている歌が、大海人皇子（天武）と額田王との間の歌だ。大海人皇子は、かつての妻でありながら、奪われて今は兄天智の妃となっている額田王を忘れ難く、

「紫草のように美しい貴女が憎かったら、人妻であるのにどうして恋することがあろうか」と歌った。

紫草の匂へる妹を憎くあらば　人妻ゆゑにわれ恋ひめやも　（巻一・二一）

天智以下諸臣こぞって紫野で狩猟の最中に、大海人皇子が袖を振り愛のサインを送った。人目を気にした額田王が「茜色を帯びる、あの紫の草の野を行き、御料地の野を行きながら、貴方が袖を振るのを野の番人は見ていないでしょうか」と、

あかねさす紫野行き標野行き　野守は見ずや君が袖振る　（巻一・二〇）

と、やんわりと咎めたときの、大海人皇子の返歌が「人妻ゆゑに」の歌だ。「標野」は皇室御料地として標を付けてある紫草栽培の野、「野守」は紫野の番人だが、額田王の番人である天智をも意味させているとも言われている。

かつて大海人皇子と額田王の間に生まれた十市皇女は、天智の皇子大友の妃となる。大海人皇子は妻の額田王も娘の十市皇女も、兄に奪われたのだ。大友皇子が即位すれば十市皇女は皇后になったであろうに、妻争いの子に運命の神は微笑まず、壬申の乱で父大海人皇子と夫大友皇子が争う過酷な運命に堕し、夫は戦い敗れ自殺。これも複

雑な邪恋の報いか。

中大兄皇子の歌う妻争いの歌

さらに人妻を巡っての兄弟の鞘当てが、人々の話の種になっているのは、当事者の中大兄皇子（天智）の作った大和三山争いの長歌があるからだ。題詞には「中大兄（近江宮に天の下知らしめしし天皇）の三山の歌」とあり、天智の皇太子時代の歌と思われる。「香具山は畝傍山を愛しいとして、耳成山と争った。神代からこうであるらしい。昔もそうだから、今も愛するものを巡って争うらしいよ」と、

香具山は　畝火ををしと　耳梨と　相あらそひき　神代より　かくにあるらし
古昔も　然にあれこそ　うつせみも　嬬を　あらそふらしき
（巻一・一三）

と歌った。だが厄介な問題を含む。「畝火ををし」を「畝火雄々し」とするか「畝火を愛し」とするかで、前者ならば畝傍山は男で、他の二山は女になる。後者ならば畝傍山は女で二山は男になり、それこそどちらであるかを昔から争っている。多数説は畝傍山を女とする説だ。

古い時代の話やうつせみの万葉歌を見ても、二人の男が一人の女を争う妻争いが絶対的に多い。イヅシヲトメを得ようとして争う、秋山のシタビオトコと弟の春山のカスミオトコ（『古事記』応神記）、影媛を巡る皇太子時代の武烈天皇と平群鮪の争い（『日本書紀』武烈即位前紀）などの話もある。

万葉集にも、菟原処女を争う血沼壮士と菟原壮士（巻九・一八〇九）、葦屋処女を争う小竹田壮士と某男（巻九・一八〇一～三）など、幾らもある。

これらのことを勘案して、私は「畝傍山を愛しいとして」と訳したのである。この長歌を読む人は誰もが、美しく匂う額田王を争う中大兄・大海人兄弟を思い合わせるだろう。この長歌は二人の妻争いのエピソードの拡散にさらに拍車を掛けることになったのだ。この妻争いが壬申の乱の原因だとの説もある。

様々に人妻を恋する男たち

ある男、「日のさんさんと輝く都大路で見かけた人妻ゆえに、魂も乱れた状態で寝る夜の多いことよ」と嘆き歌う。

うち日さす宮道(みやぢ)に逢ひし人妻ゆゑに　玉の緒の思ひ乱れて寝(ぬ)る夜(よ)しそ多き

（巻一一・二三六五）

日の降り注ぐ都大路を歩く人妻は、高貴な女性でありたい。その女性を見かけた男は、思い乱れて輾転反側(てんてんはんそく)の夜が続く。歌の調子も五七七・五七七という通常の短歌とは異なる旋頭歌(せどうか)であるのも、思い乱れた様で面白いか。「玉の緒」は「乱れ」の枕詞。

大伴旅人の父、家持の祖父にして壬申の乱の功労者の大伴安麻呂(やすまろ)でも人妻には心を乱し、神をも怖れぬ歌を詠んだ。「触れたら罰が当たるという神木でさえも、手を触れることはあるぞ。それなのにむやみに人妻というと触れられないものなのか」と歌った。

神樹(かむき)にも手(て)は触(ふ)るとふをうつたへに　人妻と言へば触れぬものかも

（巻四・五一七）

第五句「触れぬものかも」のカモを、単純な疑問と解すれば「触れてはならないものなのだろうか」だが、反語(はんご)とすれば「触れないものか、いや触れるぞ」だ。「罰が当たっても人妻に俺は触れるぞ」とは乱心気味だ。

作者名表記は「大納言大伴卿」だけではなく「兼大将軍」を付しているのも愉快だ。大将軍でさえも人妻には心乱れるのだと。この歌は平安時代に編集された部類別名歌選『古今六帖』人妻の項にも採録されている名歌だ。

「うつたへに」は「やたらに」「むやみに」などの意。

最も奈良人の耳目を奪い、都雀を喜ばせ、万葉集や『懐風藻』編者も見逃さなかった政治がらみの一大姦通事件が、藤原宇合（うまかい）の寡婦（かふ）（未亡人）久米若売（わかめ）と「奸（姦）」（『続日本紀』）して、共に流罪になったエリート官僚石上乙麻呂（いそのかみのおとまろ）の話（巻六・一〇一九～一〇二三）だ。乙麻呂は失職した。江戸時代の五千石の旗本と遊女の悲恋を唄った端唄（はうた）の、

〽君と寝やろか　五千石取ろか　ままよ五千石　君と寝よ

の天平版だ。

こちらは東国のある男、人妻の恋に狂ったのか、妙なことを言う。「人妻だと、なんでそんなことを言うのか。それならば隣人の衣を借りて着ることはないのかなあ」と。

人妻と何か（あぜ）そを言はむ然（しか）らばか　隣（となり）の衣（きぬ）を借（か）りて着なはも　（巻一四・三四七二）

一、二句は「人妻には何で手出しするなと言うのか」という意。「そを」の「そ」は、手出しをするなということ。他人の衣を借りて着ることが許されるように、他人の妻を借りて身に着けても許される！　妙な理屈をこねたものだ。五句目の「なは」は「無い」の東国訛り。

人妻を盗むことは怖い、「人妻は神の住む森か神社かあるいは唐国の虎が伏す野原のように危険なのか、共寝をして試みよう」と、

人妻は森か社（やしろ）か唐国（からくに）の　虎伏す野辺（のべ）か寝てこころみむ　（『古今六帖』第五　人妻）

などという、とんでもない歌が『古今六帖』人妻にある。

寝て試みるためには、人妻の衣の紐を解かねばならない。男から下着の紐を解けと言われた人妻、「人妻の私に掛ける言葉は、どなたのお言葉なの。下着の紐を解けと言うのはどなたのお言葉」と歌った。

人妻に言ふは誰（た）が言（こと）さ衣（ごろも）の　この紐解けと言ふは誰が言　（巻一二・二八六六）

そのものズバリの歌だが、この人妻は怒って男を拒否しようというのか、それとも「嫌よ嫌よも好きのうち」か。

新嘗の夜の忍び逢い

新嘗の夜、神を迎えるのは巫女の役目で、民家では主婦が務める。巫女は独身でなければならないから、夫は外へ出し独身を装うのだ。つまり、新嘗の夜は亭主が不在であること明らかなので、怪しからん男は、日ごろから目を付けていた人妻に、チャンスとばかり忍び込んでくるというわけ。

女は歌った、「誰なのよ。この家の戸をガタガタ押し揺さぶるのは。夫を遠ざけて潔斎しているこの家の戸を」と。

誰そこの屋の戸押そぶる新嘗に　わが背を遣りて斎ふこの戸を（巻一四・三四六〇）

下総の国葛飾郡に住む人妻は、神よりも男を迎えようと、戸を開けた。「葛飾の早稲を神に捧げる新嘗の夜だって、どうして愛する男を外に立たせておけるものですか」と。

鳰鳥の葛飾早稲を饗すとも　その愛しきを外に立てめやも　（巻一四・三三八六）

鳰鳥は水の中に潜って魚を取る。潜ることを「かづく」というので、カヅク―カヅで葛飾の枕詞になる。神をも怖れぬ不届きな女めがと咎めるか、愛は全てを超越すると讃えるかだ。何、愛しき人は密男ではなく、夫のことだって？　あなたは真面目人間だね。

人妻に吾も交らむ

人妻と交わることを神も黙認するという粋な歌が、高橋虫麻呂の歌集にある。作者は筑波山の歌垣を見て、「鷲の住む筑波山の裳羽服津の、その泉のほとりに、連れ立って少女や男が集まり、歌を掛け合う嬥歌に」と歌い出した。長歌だ。

鷲の住む　筑波の山の　裳羽服津の　その津の上に　率ひて　未通女壮士の　行き集ひ　かがふ嬥歌に

何やら難しい漢字や言葉が並ぶ。「裳羽服津」は山の中の地名、「かがふ」はよくわからず、はなやぐ意、乱交する意などもあるが、歌を掛け合う意に従った。「嬥歌」は男女集まり、飲めよ歌えよの乱痴気騒ぎの果てに乱交に及ぶ性的解放の儀礼だ。

そこに参加した男は歌った、「人妻と俺も交わろう、俺の妻に他人も言い寄れよ。この山を治める神が昔から禁止しない行事なんだ。今日だけは厳しい目で見てくれるな、咎めだてしないでくれ」と。

人妻に　吾も交らむ　わが妻に　他も言問へ　この山を　領く神の　昔より　禁めぬ行事ぞ　今日のみは　めぐしもな見そ　言も咎むな（巻九・一七五九）

男女が集まり、飲み食い互いにラブソングを掛け合うだけなら、東国のことだから、さもありなんと納得するが、筑波山の行事には思わずドキッとするではないか。作者の虫麻呂が参加していたかどうかはわからない。

心優しい人妻の返歌

人妻を恋して恋死にするのでは、あまりにも可哀そう。奈良人の人妻を恋する歌の締めに、この歌を捧げよう。

人妻を恋したある男は歌った、「わが命と思い、嘆きつつ恋したあの人まで、人妻だと聞くと悲しくなってくるよ」と。

息の緒にわが息づきし妹すらを　人妻なりと聞けば悲しも

（巻一二・三一一五）

それを聞いた人妻は、「私のためにそんなに嘆かないで。将来逢わないということもないでしょうから」と慰めるのであった。

わが故にいたくな侘びそ後遂に　逢はじといひしこともあらなくに

（巻一二・三一一六）

やっぱり古女房が

色黒でも煤けた顔でも

外交の窓口の大宰府の在る筑紫や港町の難波には、匂うような美女が大勢いた。それに魅惑される男は少なくないが、こちらの男は故郷の妻を忘れることができなかった。「難波の人が葦の火を焚く家のように、煤けているけれども、わが妻こそはいつも可愛いんだよなあ」と歌うのである。

難波人葦火焚く屋の煤してあれど　己が妻こそ常愛づらしき（巻一一・二六五一）

難波の人は、浜辺に生えている葦を竪穴式の家の中で年中焚いている。煮炊きに、暖房に、カビ防止に、防虫に。それだから家の中は煤で黒ずむ。その中で料理、機織りなど家に籠りがちの妻も煤けて色黒。そのようにおいらの妻も煤けてガングロだが、それでもおいらはこの妻がかわいくてかわいくて。このような夫を持つ妻は嬉しかろう。

大伴家持は遊行女婦に溺れた下僚に「色黒でも、しわしわでも古女房のほうがいいんだぞ」と諭した。

紅は移ろふものそ橡の　馴れにし衣になほ及かめやも（巻一八・四一〇九）

紅色と橡色、前者はベニバナで染め派手で美しいが、変色して褪せ易い。後者はドングリで染めた黒色で見栄えは悪いが、色褪せず長持ちし体に馴染む。家持は下僚が夢中になっている遊行女婦を紅色に、古女房を橡色に譬えたのだ。「馴れる」は「萎える（しわしわになる）」を掛けてある。古女房は色黒で皺くちゃだが、体に馴染んだ橡染めの衣のように、肌に優しく、長持ちする。言いえて妙だ。

皺くちゃであろうと色黒であろうと、老年になると長年連れ添った妻がありがたくて。「私は年も衰えてしまったので、袖の馴れ親しんだ貴女をこそ、思われて」と、と告白するのだ。

おのが齢の衰へぬれば白栲の　袖のなれにし君をしそ思ふ　（巻一二・二九五二）

「なれにし」は「馴れ」に「萎れ」が掛けてあり、使用して馴染み皺くちゃになる有様だ。年取った自分には、女は誰も振り向かない。老化して体の自由も利かないのかも知れない。

年衰えたのは男と解したが、「君」は女が男を尊敬して使う言葉だから、この歌は女の歌とする解もある。しかし、例外も幾つかあるので、男の歌で「君」は女と解した。

平安時代の曽禰好忠も、「人妻と己の妻を比較してみると、馴れ親しんで、よれよれになったけれど、己の妻が愛しいよ」と歌う。

人妻と我がのと二つ思ふには　馴れにし袖ぞあはれなりける　（『曽丹集』）

若い時には浮気を楽しんだが、年老いてくると振り向く女もいなくなり、ほったらかしておいた妻に戻ってくるという男のわがまま勝手の歌か。万葉歌、好忠の歌、近くは菊池寛の「父帰る」、そして今も……？

妻亡き家での独り寝

正三位大納言大伴旅人。大宰府に共に下った妻は任地で死亡。赴任の途中、広島県福山市の鞆(とも)の浦で一緒に見て、「帰りには共にもう一度」と話し合ったむろの木（ネズの木）を、帰京の途中立ち寄り、独りで再び見た。旅人は「鞆の浦の磯に生えているむろの木を見るたびに、共に見た妻をどうして忘れることができようか」と、思いに沈むのだ。

鞆(とも)の浦の磯のむろの木見むごとに　相見(あひ)し妹(いも)は忘らえめやも　（巻三・四四七）

妻と旅行した海の見える思い出の地を、残された夫は再び訪れる。そしてそっと呟(つぶや)く、「かあちゃん、ここだったね」。男は涙を飲み込む。夕日が海の彼方に沈む。静かに波の音。小津安二郎の映画の幕切れのようなシーンだ。

大宰府から奈良の佐保(さほ)の自宅に戻った旅人は、庭に目をやる。妻と一緒にガーデニ

ングした庭だ。「妻と二人で造ったわが家の庭園は、留守中に樹木も高く繁ったなあ」と感慨深げに歌う。妹がいれば早速手入れをしてくれるのだが。

妹として二人作りし我が山斎は　木高く繁くなりにけるかも　（巻三・四五二）

梅の木を見て、「わが妻の植えた梅の木を見るたびに、心むせ返るばかりに涙が流れるよ」と涙ぐむ旅人。

吾妹子が植ゑし梅の樹見るごとに　こころ咽せつつ涙し流る　（巻三・四五三）

わかる、わかる。妻に先立たれた男独りの寂しさ。留めようなくこみ上げてくる涙、涙……。

生前、もっと優しくしてやればよかったなあ。東国の男は後悔の歌を詠むのだ。「俺を捨てて、愛しい妻が、まさかどこへも行くはずもないと思い、山菅の根が反対方向に延びるように、背中合わせにして寝たこともあったなあ。それが悔やまれて」と、

愛し妹を何処行かめと山菅の　背向に寝しく今し悔しも　（巻一四・三五七七）

ちょっとした言葉で口げんかになり、腹を立てて背中を向けて寝てしまったことも

あった。仲直りに抱いてやればよかったのだが。妻は今はいない。妻は家出したのではない。タイトルは挽歌とあるので、死んだのだ。生前をあれこれ思い出し、後悔の涙、涙………。

情欲に溺れた僧たち

百三十年後の女犯露見

女人禁制の寺でも端女として女奴隷の寺婢がいた。それを犯したのが高僧、筑紫観世音寺別当沙弥満誓だ。

満誓の情事の露見は本人の死後、しかも百三十年程後というのが面白い。露見の事情は、満誓五代の孫が「自分たちが観世音寺の寺家人なのは、先祖の満誓が、寺婢の赤須に生ませた子の子孫だからだ。どうか良民として認められたい」と訴えたからだ。家人というのは一般の良民とは区別され、奴婢より少しはましだが、同じ賤民階級である。
法律は「僧尼が姦盗を犯すは、法において最も重し」とする。満誓生存中に露見していれば、観世音寺別当どころではなく、還俗ものだ。密事は露見しなかった。セクハラを隠しおおせたと心安らかに過ごしたのに、まさか百三十年後に、事もあろうに子孫によって暴露されるとは。まさに無常というべきか無情が相応しいのか、ムジョウな世の中じゃなあ。

裏があるか女犯僧の歌

万葉集を代表する無常観の歌は、「この世を何に譬えようか。朝、港を漕ぎ出て去った船の航跡が、わずかの間に跡形もなくなってしまうような、はかないものさ」という歌だ。

世間を何に譬へむ朝びらき　漕ぎ去にし船の跡なきがごと　（巻三・三五一）

この無常の名歌を巻三の編者は、旅人の「讃酒歌」一三首の次に置くのも粋な計らいと言うべきか。讃酒歌の中には、「生きている者は、結局は死ぬ理なのだから、この世にいる間は楽しく生きようよ」と、無常など糞くらえと歌った、

生ける者つひにも死ぬるものにあれば　この世なる間は楽しくをあらな

（巻三・三四九）

があるのだから。旅人も満誓も大宰府時代の歌友だち、同じ時の作か。

この無常の名歌の作者が、寺婢を犯した満誓なのだ。さすがに観音寺別当の歌と感服するのだが、秘事が暴露されてみると、彼の歌には何やら裏があり、怪しく見えてくる。

たとえば、「月の歌」と題して「見えない月だって恋い慕わない者があろうか。山際に出掛っている月よ、早く出てほしい。ためらっているその姿を遠目にでも見たいものだ」と歌った

見えずとも誰恋ひざらめ山の末に　いさよふ月を外に見てしか　（巻三・三九三）

は、どうか。「誰恋ひざらめ」などと歌われると、それこそ誰だって「恥じらって姿を見せない、深窓の美女よ、早く出てほしい。遠目にでも見たいものだ」と、女の家の周りをウロウロし、垣の隙間から、土塀をくじって開けた穴からのぞき込む満誓坊主を想像してしまう。

筑紫名産の綿を「筑紫の綿はまだ肌身につけて着たことはないけれども、いかにも暖かそうに見える」と詠んだ歌、

しらぬひ筑紫の綿は身に着けて　未だは着ねど暖かに見ゆ　（巻三・三三六）

も怪しい。「筑紫の綿」に筑紫の女を寓意し、「筑紫の女をまだ抱いたことはないが、よさそうだぞ」が真意だという説もある。「しらぬひ」がなぜ筑紫の枕詞になるか確かなことは不明。「知らぬ」を掛けているのか。地下の満誓の顔を見たくなる。

尼の私房で宴会

僧尼令という法律は、僧尼の飲酒を禁じており、犯したならば三十日の労役とある。ところが豊浦寺の尼の私房で、男も参加して宴会が開かれたというのだ。豊浦寺というのは飛鳥の雷丘の麓にある最初の尼寺である。

その破廉恥男の名前は丹比真人国人。宴会時の歌が万葉集に残されたので、ばれてしまった。

この男、最終官位は従四位下遠江守だから、宴会の頃は五位か四位で、中堅官僚というところ。国人は歌った、「飛鳥川が流れめぐる丘の秋萩は、今日降る雨に散って

しまっただろうかなあ」と。

明日香川行き廻る丘の秋萩は　今日降る雨に散りか過ぎなむ（巻八・一五五七）

飛鳥川の流れめぐる丘というのは、雷丘だ。季節は秋、秋雨がしっとりと降る日、題詞には「宴せる歌」とあるからテーブルには酒肴が並び、沙弥と尼が同席。なかなかいい雰囲気だ。

尼さんは「秋萩は盛りが過ぎてしまいます。空しく插頭になさらないでお帰りなさるのですか」と歌う。

秋萩は盛り過ぐるを徒に　挿頭に挿さず還りなむとや（巻八・一五五九）

盛りが過ぎるとか、今のうちに挿頭のために手折れとか、作者である尼の媚態を感じてしまう。カザスには、男女抱擁を意味する用法だとの指摘もある。尼は酒を聞こし召し、国人にしなだれかかっているのでは、なんて想像もしたくなる。酒席、女、何やら怪しげな雰囲気になってきたぞ。

国人は、遠江守の時に橘奈良麻呂の乱でクーデター側に与し、任国遠江から伊豆に配流、史書には「賊臣」とある。その後の消息は不明だ。豊浦寺の僧尼は国人の運命をどのように受け止めただろうか。

マユミを引く禅師

天智の時代に、久米禅師という僧がいた。禅師とあるからには高僧で、病気治療、幸福招来など修験のある霊験あらたかな僧だ。

その高僧が、石川郎女を「娉ふ」というのだから穏やかでない。禅師は郎女に送った、「薦を刈る信濃特産の弓を引くように、貴女の心を引いたなら、貴女は高貴な女性ぶって嫌だというだろうか」と、

み薦刈る信濃の真弓わが引かば　貴人さびていなと言はむかも　（巻二・九六）

「マユミわが引かば」などとあると、マユミちゃんを自分の方に招くように思ってしまうが、マユミは真弓で弓のこと。弓は引くので「(わが) 引かば」を飾る序詞。弓のブランド商品が信濃産の梓で作るので、「信濃の」が「真弓」の枕詞であり、信濃では薦を多く産出するので、「薦」が「信濃」の枕詞として置かれている。ゴテゴテと飾りの多い歌だが、要するに禅師が言いたいのは「わが引かば」以下ということ。

女は、「私の心を引くこともなさらないで……。もっと強く引いてもらいたいのよ」

と返歌をし、さらに「梓の弓を引くように私の気持ちを引いたなら、引くままに貴方に寄りましょう。しかし、後後とも貴方の心が変わらないか判断できないわ」と歌う。

梓弓引かばまにまに寄らめども　後の心を知りかてぬかも（巻二・九八）

「イエス」と承諾のポーズを示しながらも、「後の心はわからない」とすねて見せる。このような女の媚態に男は弱い。「東国人が奉る初穂の箱を縛る緒のように、貴女は私の心をしっかりと縛ってしまったのですなあ」と返歌して、遣り取りは終わる。

東人の荷向の箱の荷の緒にも　妹は心に乗りにけるかも（巻二・一〇〇）

「荷向」は毎年十二月に諸国から伊勢神宮や天皇陵に奉る初穂。二人は結ばれたのか。それにしても禅師ともあろうものが、女を口説きプロポーズするとは。これは禅師在俗中の話と弁護する学者もいるが。

煩悩断ち難し

女犯の観世音寺別当満誓、豊浦寺の尼、久米禅師たちに捧げるに最適の歌はこれだ。「苔の生えたような貧しい僧衣を雪解け水で洗う修行を続ける身でも、ああ、恋は断ち難いのだ」と、山奥で修行する僧は歌った。

苔の袖雪消の水に濯ぎつつ　行ふ身にも恋は絶えせず

（『古今六帖』第二「法師」）

そう嘆くなよ。『理趣経』は、男女交合の妙なる恍惚は、清浄なる菩薩の境地であると説いているではないか。それが人間だ。避け得られざる人間の姿、是非善悪を超えた人間本来の姿なのだ。

まず寝ようと東男

寝を先立たね

旅に出る東男がいた。浜名湖の北辺りに住んでいるらしいが、税の庸調を運んで上京するのか、徴兵されて衛士として都に上るのか、はたまた防人となって防衛の第一線に派遣されるのか、妻とは長の別れになる。

妻は伎倍の林まで夫を送ってきた。いよいよ別れだ。夫は言った、「伎倍の林にお前を立たせたままで、おれは行くことはできない。まず寝ようよ」と。

あらたまの伎倍の林に汝を立てて　行きかつましじ寝を先立たね

（巻一四・三三五三）

「あらたま」は遠江の国麁玉郡で天竜川沿いの地。現在伎倍小学校がある。その辺りの林で最後の抱擁が営まれたのだ。

せっかくいいところで無粋だが、語句の説明を。「行き＋かつ＋ましじ」の「かつ」は漢字を当てれば「勝」で、「できる」の意。「ましじ」は「〜ないだろう」の意だ。「できる＋ないだろう」で、結局は「できない」ということ。複雑な言い方だが、やや露骨な歌全体のトーンをソフトにしている。これが日本語のいいところだ。

いいところで林に近づきのぞくと、林の中ではそう簡単に寝ることは「かつましじ」だ。他の東歌には、次のような歌があるのだ。

欲良山というのは東国のどこにある山なのかわからないが、欲良山の近くに住む男は、人目のつかない所をと、女と手を取り合って山裾の繁みに入った。

人目に付かない代わりに一面の藪。これでは横たわって女を抱くことはできない。

男は藪を払いながら歌った、「欲良の山裾の繁みに女を立たせたままで、おいらは繁みの枝を払って、せっせと寝る所を作るよ」と。

「まだあ、早くしてよ」とねだる女の声、「もう少しだ、我慢していろよ」と男の声が聞こえるようだ。昔は大変なこっちゃ。繁みの中は人目を避けるにはいいが、枝葉が邪魔になって。男は草刈り鎌でも用意して来ていたのかね。二人には悪いけれどポンチ画でおもわず吹き出したくなる。

梓弓欲良の山辺の繁かくに　妹ろを立てさ寝処払ふも　（巻一四・三四八九）

東歌には「寝る」という言葉の多いことに驚かされる。巻一四の東歌全二三八首のうち四五首、巻二〇の防人歌九八首中には七首に「寝る」が詠み込まれている。その「寝る」も単純な睡眠の意ではなく、男女の間の抱擁、肌触れ合い、情交のことだ。

「梓弓」は引くと弦が寄るので、同音ヨラの枕詞。

通い婚の時代、ある男が妻の家へ行くと、妻は仕えている主人の着物を織るために、麻の繊維を取って糸に紡ぐ夜なべ仕事に精を出している。せわしなく動く妻の手元を見ながら、まだ終わらないか、まだ終わらないかと、いらいらした夫は妻の衣の裾を引っ張りながら言葉をかけた、「麻の苧をそんなに桶いっぱいに紡がなくてもいいじゃないか。明日お着せするわけではないのに。さあ、しようよ、寝床で」と歌った。

麻苧らを麻笥に多に績まずとも　明日着せさめやいざせ小床に（巻一四・三四八四）

「いざせ」の「せ」は「する」の命令形で、抱き合うことを女に命じているのだ。じれったそうにしている夫の顔が見えるような歌だ。

「おれは岩を潜り抜けて流れる水になりたいよ。そうすれば妹の寝床にそっと流れ込んで共寝ができるのだがなあ」と歌う男は、夜なべの妻を持つ男のように、そばに妻がいるのか、それとも女を空想しているのか。

妹が寝る床の辺りに石ぐくる　水にもがもよ入りて寝まくも（巻一四・三五五四）

「岩ぐくる」は「岩くぐる」、「もがも」は願望を表す。ご丁寧に「寝」という東国恋歌象徴語が二個も詠み込まれている。眠っていた女は冷たさに「ひやぁ」と叫んで飛び上がり、叫んだ「あんれまあ、布団が濡れていてよ！　どうしてまあ？」。男神が丹塗り矢に化して忍び込むのは神話の話。東国庶民の世界ではリアルに水だ。

主さん朝来て朝帰る

その男は妻以外に好きな女がいた。だから夜は妻の所へは行かず愛人の所で泊まるのだが、やはり心が咎めるのだろうか、愛人の所から朝帰るついでに、申し訳程度に妻の家に顔を出す。それがかえって妻を刺激した。妻は怒りの歌を男にぶっつけた、「何と言うことだ、寝るために逢わず、日が暮れた夕方には来ないで、夜明け時に来るとは！」と。

何と言へか　さ寝に逢はなくに真日暮れて　宵なは来なに明けぬ時来る

（巻一四・三四六一）

のっけから「何と言へか」が効いている。怒り声が聞こえるような。「さ寝に逢はなくに」と言葉を吐き出したものの、まだ足りなくて、もう一度「真日暮れて宵なは来なに」と繰り返す。いつ来るかというと「明けぬ時来る」では、女が怒るのも無理ない。この後に「人を馬鹿にして」と付け加えたい。

アゼは東国語、「宵なは」は「宵ニは」の、「来なに」は「来ヌに」のそれぞれ訛り、「明けぬ」は正しくは「明けヌル」で、「明け夕」。東国語あり訛りあり誤用法ありで、リズム感に乏しく、ごつごつした調子にかえって女の怒りがにじみ出ている。

俗謡を拝借するならば、

〽月は夜来て朝帰るコリャ　主さん朝来て朝帰る

旅先でも忘れないでね

東男たちは、公用の旅で長い間家を留守にする。調庸を運ぶ運脚や徴兵された衛士は都への旅、運悪く防人に指名されようものなら、遠い遠い大宰府へ。

妻は旅先で夫が女を抱くことを止めることはできない。出かけるときは、「心変わりや浮気はしないと、お前との誓いの印で結んだ紐を、けっして解かないよ」なんて言うが、旅先の寂しさ、または遊行女婦の色香にほだされて、妻との誓いはどこへやら、紐を解く羽目に。陸奥男がそれだ。

陸奥の香取に住む少女を愛していたこの男、筑紫への旅立ち前に、浮気をしないという誓いのしるしに、少女が結んでくれた紐だが、「筑紫の美しく匂う女ゆえに、香取少女の結んでくれた紐を解いてしまったよ」と歌った。心の中で故郷の少女に詫びつつ。

筑紫なるにほふ児ゆえに陸奥の　可刀利少女の結ひし紐解く（巻一四・三四二七）

やんわりと浮気をしないように哀願するのは、武蔵の国橘樹郡の防人物部真根の妻椋椅部弟女だ。出発前に夫の紐を固く結んだ弟女さんは、針と糸を夫に手渡し歌った、「旅で着たままのごろ寝をして紐が切れたら、自分の手で着けるのよ、この針を持ってね」と。

草枕旅の丸寝の紐絶えば　あが手と着けろこれの針持し　（巻二〇・四四二〇）

「吾が手と着けろ」など弟女さんは夫だからとて畏まった言い方ではなく、いささか命令調であるのも、弟女さんの惚れようを表しているのか。「あが手と着けろ」というのは、どの注釈書も「私がいないので」と解している。

だが、そうだろうか。紐が切れるということにジンクスを感じ取っている妻は、夫と旅先の女との情交を恐れたのだ。「紐が切れたら、道々の女の手ではなく、自分の手で着けるのよ。ねえ、あんた」と。針を渡しながら夫にしな垂れかかる媚態を感じる。

「はる」はハリ、「持し」は「持ち」の東国訛り。

中には半ばあきらめきった妻もいて、夫に訴えた、「日が射し輝くような都へ上られるわが君様、大和の女を抱くのは仕方ないけれど、その度にあたしのことをお忘れなさらないでね」と。

うち日さす宮のわが背は倭女（やまとめ）の　膝枕（ひざま）くごとに吾（あ）を忘らすな（巻一四・三四五七）

この男は運脚か衛士で都へ行くのだ。激しい情熱を燃やす東女にも、ホロリとさせる一面があったのだ。

第七章
老境の歌

老人力を評価せよ

人は旧りにし宜しかるべし

お年寄りだ、敬老だ、高齢者だ、老人力だ、国際高齢者年だと、言葉を換え美辞麗句で飾り、キャッチフレーズで騙そうとしても、現実には老人は社会から忘れられ、時には邪魔にされ、敬遠され、存在も無意味、無用になり軽蔑される。

何十年も頑張ってきたのに、軽蔑される存在になんて、誰だってなりたくない。老いが無価値であるならば、私たちの人生は余りにも貧しい。尊敬される老人でありたい。昔も老人力を評価せよと歌った人がいたんだ。「品物はモデルチェンジしたニューがいいが、ただしかし、人はオールドがいいんだぞ」と歌った。

物皆は新しき良しただしくも　人は旧りにし宜しかるべし　（巻一〇・一八八五）

老人力こそ尊重せよと、敬老精神の権化のような歌だ。古びた人の何が宜しいのか。

人は言う、蓄積した人生を生きる知恵だと。

確かに昔は、高齢者の知恵は有り難かった。しかし情報化社会の現代、そこらの老人の持っている知恵など、パソコンやスマホのキーを叩けば幾らでも飛び出してくる。若者が求める情報など、後期高齢者が持ち合わせているのか。パソコンもスマホもできない老教授よりも、ＯＡ機器を駆使する若い学生の方が、よほど多くの情報を持っている。こんな歌を詠むと、若い人から爪弾き（つまはじき）されよう。

この歌の前に「冬が過ぎて春が来ると、年月は新しくなるけれども、人は古くなっていくなあ」という歌、

冬過ぎて春の来れ（きた）ば年月（としつき）は　新（あらた）なれども人は旧（ふ）りゆく　（巻一〇・一八八四）

があり、「新しい年、古くなる人」と、人生は逆比例という深刻な哲学を歌う。その逆比例の嘆きに対して、励ましの意味で「人は旧りにし宜しかるべし」を置いたのだ。

老醜を見つめる山上憶良

か黒き髪に霜の降りけむ

いたずらに老人力だ、敬老だなどと声高に叫ばず、老醜・老獪をまじまじと見つめ、さらに病をプラスし、老いと病、高齢者が日常口にするこの辛さを歌った万葉歌人は、ただ一人。山上憶良だけ。老病死を歌い、漢詩に創り、漢文を書くなど、晩年よほど悩んだのだ。

憶良は大宰府時代に既に老いの嘆きを「世間の住り難きを哀しびたる歌」で歌う。六十九歳頃だ。「この世でどうにもならないことは、年月が流れるように過ぎ去り、年を取ること。それに連れて迫ってくるものは、多くの苦しみ」と、

世間の　術なきものは　年月は　流るる如し　取り続き　追ひ来るものは　百種に
迫め寄り来る

と歌い出し、そこにいる若者たちに呼びかける、年を取るとどうなる？
まず女だ。「少女時代には少女らしく、唐玉を手首に巻き付け、同じ年ごろの友達と遊びほうけていたが、盛りの時は留めることはできず、過ごし遣ってしまった」。

少女らが　少女さびすと　唐玉を　手本に纏かし　同輩児らと　手携りて　遊びけむ　時の盛りを　留みかね　過し遣りつれ

「巻貝のハラワタのように黒かった髪も、いつの間に霜が降ったのだろうか。艶々していた顔にはどこからシワが押し寄せて来たのか」

蜷の腸　か黒き髪に　何時の間か　霜の降りけむ　紅の　面の上に　何処ゆか　皺が来りし

女を嘲笑しながら、はっと気が付く。これは女だけの問題ではない。男だってそうだったと。「男らしさを誇るとて、剣を腰に佩き、弓矢を握り持ち、赤駒に和風の模様を織り出した鞍を置き、乗って遊び歩いたが、世の中というものは、いつまでもそうであろうか」

大夫の　男子さびすと　剣太刀　腰に取り佩き　猟弓を　手握り持ちて　赤駒に　倭文鞍うち置き　はひ乗りて　遊びあるきし　世間や　常にありける

「少女の寝ている家の板戸を押し開き、探り寄っては真珠のような真っ白い腕を交わして寝た夜とて、どれほどもないのに」

少女らが　さ寝す板戸を　押し開き　い辿り寄りて　真玉手の　玉手さし交へ　さ寝し夜の　幾許もあらねば

「手に握った杖を腰に当てがい、あちらへ行けば嫌われ、こちらへ来れば憎まれ、年老いた男は、こうでしかないらしいぞ。魂きわまる命は惜しいけれど、どうしようもないのだぞ」

手束杖　腰にたがねて　か行けば　人に厭はえ　かく行けば　人に憎まえ　老男は
かくのみならし　たまきはる　命惜しけど　せむ術も無し
（巻五・八〇四）

老人は憎まれる。まさに現代がそうだ。若年層の減少、老人増加により、老人の年金を支える現役世代の負担は増大、介護保険料は年々値上げしなければならない。運転免許証をいつまでも返納せず、自動車事故を起こす。認知症が進み家族も持て余す。そうなれば、ますます老人はお荷物になり軽蔑される。確かに「せむ術もなし」だ。

病を哀しむ名文

身体が老衰し体の自然治癒力も衰えるので病に冒されやすくなるのか、病に冒されるから老いが進むのか、その相乗作用であろうか。

「か行けば人に厭はえ　かく行けば人に憎まえ」（巻五・八〇四）と詠んだ五年後に、都に戻った憶良は七十四歳、老いの上に十数年来の病苦に苛まれ、「痾に沈み自らを哀しむ文」（巻五・八九六歌の次）を漢文で作った。

考えてみると、私たちが宗教はもちろん芸術や文学に求めている究極のものは、生・老・病・死の人生の苦悩を悟らせ、慰め励まし、さらには諦めを自覚させることではないか。

憶良の晩年の作のほとんどがそれであり、その中の大傑作がこの「痾に沈み自らを哀しむ文」だ。大雑把な計算で漢字一三〇〇字ほどだが、ふんだんに中国古典を引用したその文才には圧倒される。老いだ、病気だと嘆きながら、どこからこのエネルギーが湧きだすのか。フィクションを創るための仮病かとさえ言いたくなる。創作が命を育む（はぐく）のだ。学ぶべし！

「竊に以るに」（ひそかにおもひみるに）と荘重な書き出しで始まる全文を引用したいところだが煩雑なので、心に残る部分を挙げておこう。難しい漢字は適宜通常の漢字に改めてある。

「私は生まれてから今日に至るまで、自ら善を修める志を持ち、かつて罪悪を犯したことはない」


我、胎生（うまれ）てより今日に至るまでに、みづから修善の志あり、曽（かつ）て作悪（さあく）の心無し。

それなのに、「あゝ、恥ずかしいことよ。いったい何の罪を犯したからとて、このような重病に遭遇してしまったのか」。

嗟乎媿しきかも、我何の罪を犯してか、この重き疾に遭へる。

「初めて重病に罹ってから、もう年月も久しい（十余年経たことを言う）。この時に年齢は七十四歳で、頭髪は既に白く、筋肉は衰えた」

初め痾に沈みしより已来、年月稍に多し（十余年を経るを謂ふ）。この時に年は七十有四にして、鬢髪斑白け、筋力つかれたり。

「ただ老いただけではなく、この病気が加わった。諺に『痛い傷の上にさらに塩を塗り付け、短い木の端をまた切る』というのは、まさにこのことだ」

ただに年の老いたるのみにあらず、復、かの病を加ふ。諺に曰はく、「痛き瘡に塩を灌ぎ、短き材の端を截る」といふは、この謂なり。

「死者は生きている鼠にも及ばない。王侯といえども一日息の根が絶えたら、金を積むこと山の如くであった人でも、誰が富裕な人とするだろうか。勢力は海の如く広くいき渡っていた人といえども、誰が貴人とするだろうか」

死にたる人は生ける鼠に及かず。王侯なりと雖も一日気を絶たば、金を積むこと山の如くなりとも、誰か富めりと為さむか。威勢の海の如くなりとも、誰か貴しと為さむか。

「考えてみると、人間は賢者愚者を問わず、昔今の世を問わず、すべて嘆きを繰り返してきた。年月は争うように流れて昼夜留まるところがない。老と病が誘い合うかのように、朝夕にわが身を侵すことを競っている。一生の歓楽が眼前に尽きないのに、年長く続く愁いや苦しみが、もう背後に迫っている」

惟以れば、人の賢愚と無く、世の古今と無く、咸悉に嗟嘆く。歳月競ひ流れて、昼夜に息まず。（中略）老疾相催して、朝夕に侵し動ふ。

「『人が願えば天も応ずる』と言う。これがもし真実であるならば、伏して天に願うことは、すみやかにこの病を除き、幸いにも平生のようになることを」

「人願へば天従ふ」といへり。如し実あらば、仰ぎ願はくは、頓にこの病を除き、頼に平の如くなるを得むことを。

老いるということは、欲望はありながら、それを達せられないということ。「一代の歓楽はいまだ席の前に尽きぬに、千年の愁苦は更座の後に継ぐ」はそのことである。歓楽欲だけではなく、食欲、性欲、知識欲等々、皆尽きずして不毛のままだ。その不毛に対する恨めしさは、老いて初めてわかるもの。憶良より十三歳上の私は、一言一句うなずき書き継ぐのである。

憶良は、「我何の罪を犯してか、この重き疾に遭へる」と言い、「人願へば天従ふ」と、「天」に帰着させるのだから、己をこのような重病にした天の不公平を呪っているのだ。現代なら「ある時は神に祈り、ある時は神を呪い」であり、終活期には年代を越えて同じような境地に達するのだろうか。

この「痾に沈み自らを哀しむ文」の次に置かれている「俗の道の、仮に合ひ即ち離れ、去り易く留まり難きを悲しび嘆ける詩」には、「それだから知った、生まれれば、

必ず死ぬのだということを。もし、死を欲しないのならば、生まれない方がよいのだ」と、

故知りぬ、生るれば必ず死あるを。死をもし欲はずは生れぬに如かず。

というドキッとさせる余りにも残酷な一文を含む。

語り継ぐべき名は立てずして

続いて「老いたる身に病を重ね、年を経て辛苦み、及、児等を思へる歌七首〔長歌一首・反歌六首〕」

（巻五・八九七〜九〇三）が置かれている。老病の苦悩にプラスして、死後に子供を残す悩みを歌う。長歌は省略して、反歌六首のうちの最後の一首だけを挙げておこう。「倭文織（しつおり）の手巻のように、物の数ではない身だが、やはり、千年も生きたいと思うのだ！」と歌った。

倭文手纒数（しつたまきかず）にも在（あ）らぬ身には在（あ）れど　千年（ちとせ）にもがと思ほゆるかも（巻五・九〇三）

「倭文」の「倭」は日本のことであり、「文」はアヤで模様。舶来の手の込んだ模様に対して、日本固有の単純なありふれた模様のこと。「取るに足らぬ身でも、やはり千年も生きたい！」。「児等を思へる歌」の中の一首だから、子供のために長生きしたいということなのだろうが、次に挙げる辞世の歌をも勘案すると、長生きは子供のためだけではなく、本心は己のためであったと思われるのだ。

何と言って慰めたらいいのか。先の老・病・死を冷徹（れいてつ）に見つめ悟っていた憶良は、どこへ行ってしまったのか。

そして憶良は死んだ。辞世の歌が、「男たるもの、空しく死んでたまるか。万世にまで語り継がれるべき名を挙げないで」、

士やも空しくあるべき万代に　語り継ぐべき名は立てずして　（巻六・九七八）

と、見舞いの客に涙ながらに悲痛なうめき声で訴えたのだ。終末を迎えた憶良は、まだ出世を夢見ていたのだ。

憶良は従五位下筑前守で歿したのだから、貴族社会での地位は高いとは言えず、出世とは無関係の生涯だった。しかし、大歌人としての名は語り継がれ、今に至っているではないか。「貧窮問答歌」は学校でも教えるから、その名を知らぬ人は少ないだろう。

彼は不朽の名を残したのであり、数ならぬ身ではないのだ。『古今集』序に、大臣・将軍も富裕者も死ねば名前は消えてしまう。「後世のために知らるるは、唯、和歌の人のみ」と言うではないか。瞑目あれ憶良よ。享年七十四。合掌。

若返りの薬が欲しい！

夫を想う妻の歌

老い衰えて行く本人も悲しいが、さらに悲哀に打ち砕かれるのは、それを見ている家族だ。ある女、愛する男の老いるのを悲しみ、取りすがり涙ながらに歌った、「天に在るお日様やお月様のように敬っている貴方が、日に日に老いていくのが惜しいの」と。

天なるや月日の如くわが思へる　君が日にけに老ゆらく惜しも

（巻一三・三二四六）

嬉しい妻だねえ。いいねえ。一度でもいいから妻に「月日の如くわが思へる」と言われてみたいね。そのありがたい夫が日に日に老いてゆく。ここだけは私と同じだ。その先が違う。やれ濡れ落ち葉だの粗大ゴミだなんて言わないね。よよと泣きすがり、神に祈り、そして歌った悲痛な、しかし実感のある歌だ。

「君」と作者の関係は、君主、親、夫、年長の友人などいろいろ考えられるが、前後の歌などからローカル性を感じ、ポピュラーに夫と解した。「日にけに」は「日に日に」の意。

この歌は次の長歌の反歌だ。長歌は言う、「天まで掛かっている天橋よ、もっと長くなっておくれ、高山よ、もっと高くなっておくれ、そうしたらお月様に行って、月の神の持っている若返りの水を取ってきて、貴方に捧げて、若返らせたいの」と。

天橋も　長くもがも　高山も　高くもがも　月読の　持てる変若水　い取り来て
君に奉りて　変若しめむはも
（巻一三・三二四五）

これも泣かせる歌だね。月の世界に居る神ツクヨミが若返りの水を持っているそうだ。「変若」は文字通り「若く変わる」ということ。「愛するこの人の老いを止めたい！この人のためなら月の世界にも私は行くわ」。

ヒスイは不老の呪具

月の世界へ行くのは、まだまだ未来のこと。それならば地上に変若の薬はないだろうか。「死」というのは、魂が体から離れることだそうな。離れようとする魂を引き止めればいい。魂の色は青色だそうだ。青い珠、それはヒスイだ。ヒスイなら沼名川にあるぞ。こう言うのは沼名川の流れている越の国の人だろう。「沼名川の底にある玉、探し探して求め得た玉だよ。拾って得た玉だよ。大切な貴方が老いていくのが惜しくて」と。

沼名川の　底なる玉　求めて　得し玉かも　拾ひて　得し玉かも　惜しき　君が老ゆらく惜しも
（巻一三・三二四七）

ヒスイの原石は、素人目には他の雑石と見分けのつかない色をしている。だから多くの石の中から、ヒスイ原石を見分けて拾うことは、かなり難しい。その気持ちが「求めて得し玉」「拾ひて得し玉」の表現に込められている。「ようやく求めた」「ようやく拾った」という気持ちだ。その原石をかなり磨き込むと神秘的な青色になる。妻は老いゆく夫のために、必死になって磨いているのだ。夫の若返りを祈りつつ。

沼名川は奴奈川とも書く。新潟県糸魚川市に流れ出る小滝川で、上流には天然記念物に指定されていているヒスイの原石がゴロゴロしていて、急流に洗われている。出雲の神オオクニヌシとの恋で有名な奴奈川姫伝説があるが、市中には奴奈川姫の銅像が立つ。オオクニヌシを祭った出雲大社の摂社命主社(いのちぬしのやしろ)の土中には、大きなヒスイの勾玉(まがたま)が埋められている。命の主―青いヒスイ―勾玉、この長歌のモチーフがこれだ。

この歌には二人のラブロマンスが底流しているように思われるし、越の民歌らしいので、この歌の「君」も、「天なるや」の歌同様に夫と解した。

このまま老いるのか

関守も老いは止められないのだ

ツクヨミの持つ変若水はおろか、青色のヒスイも手に入らない。そうすると、俺(おれ)はこのまま老いてゆくのか。関守だって老いを止めることはできないではないかと歌うのは、後白河法皇編『梁塵秘抄(りょうじんひしょう)』の歌謡。「筑紫の門司の関所の関守も老いてしまった。

髪の毛も白くなったぞ。どうして、設けた関所の関守なのに、年の行くのを留めることができないのだろうか」、

筑紫の門司（もじ）の関　関の関守老いにけり　鬢（びん）白し　何とて据（す）ゑたる関の　関屋（せきや）の関守なれば　年の行くをば留（とど）めざるらん

これはうまい。関守さえも老いを留めることはできない。ましてや私などは「このようにして、やはり老いるのだろうか。雪の降る大荒木野（おおあらきの）の小竹ではないのに」となげく年寄り。

かくしてやなほや老いなむみ雪降る　大荒木野（おほあらきの）の小竹（しの）にあらなくに

（巻七・一三四九）

「雪に埋もれた小竹が曲がるように、私の腰も曲がり、やがてポッキリと………」、雪は白くても心は暗い。女の歌だと言う説もあるが、男にも当てはまる。

俺の一生とは何だったのか。ある人が嘆き、「いったい何をしてこの身は空しく一生を過ごし、老いてしまったのだろうか。積み重ねてきた年が、どう思うかと恥ずか

しくなるよ」と歌う。

何をして身のいたづらに老いぬらむ　年の思はむ事もやさしく

（『古今集』巻二〇・誹諧）

詠み人知らずの歌だ。『古今集』の詠み人知らずの歌には、万葉時代の末から『古今集』に至る間の歌もある。歌曲の文句ではないが、「わたしは何を残しただろう」。ああ、長生きは嫌だ！「昔が恋しい！　立ち返ることはできないんだよ、老いの波は。頭は雪を頂いたように真白髪。ああ、長い命が恨みなるぞ、長い命が恨みだぞ」。

恋しの昔や　立ちも返らぬ　老いの波　頂く雪の　真白髪の　長き命ぞ恨みなる　長き命ぞ恨みなる

（『閑吟集』）

思わず拍手したくなるこの歌謡は、室町時代後期の流行歌謡集『閑吟集』にあるので、万葉の世界に引き込むことに躊躇したが、室町時代だけではなく、万葉時代にも現代にも通じる普遍的な思いなので、取り上げた。

若返りはもちろん、老いを留めることもできず、命の灯の自然に消えて行く神の摂理に反して、延命治療などで、体に何本も管を付けられる。「長き命ぞ恨みなる」という後期高齢者の声を知らないのか。

男の最高の幸せ

長生きすることさえも恨みならば、人生の晩年に何がいったい幸せなのか。

妻を失った夫が、楽しそうに会話をする老夫婦を見て、ため息混じりに歌った、「ああ、あいつは何と幸せな男か。黒髪が白髪になっても妻の声を聞けるとは」と羨望(せんぼう)の眼で見詰める。

福(さきはひ)のいかなる人か黒髪の　白くなるまで妹(いも)の声を聞く（巻七・一四一一）

出世も色恋沙汰も幸せではなかった。出世しなくても貧しくてもいい、年とっても元気な女房の声を聞くことができるのが男の最高の幸せ！

年老いた夫婦の間には話すことも少なくなる。それなのにあの妻はしきりに夫に話しかけているではないか。

この幸せ男は、苦笑しながら言うかもしれない、「いやあ、あいつこの頃口うるさくてねえ」。

「黒髪の白くなるまで妻の声を聞く」、夕風のうすら寒い街中を、ビニール袋を下げてコンビニから帰る後期高齢の男たちには、胸にジーンとくる歌だ。

いや重け吉事

「万葉万華鏡」をのぞくと、色々な万葉人の姿が見えたね。ひたすら酒を楽しむ人、酔いに任せて戯れ歌を次々に編み出すエンターテイナー、愛に溺れる男と女、出世の欲望に駆られるお役人たち、命を擦り切らせて働く下っ端役人、納税や徴兵に苦しむ農民もいたね。それを風刺した鹿と蟹の芸は、いやあ、心に響く歌だったなあ。辻芸人に拍手ものだ。ストレートに歌った「貧窮問答歌」も忘れ難いなあ。

このような様々の生き方の果てに、誰もが行きつくのが老いることと死ぬこと。真剣にそれに立ち向かった歌人には引き込まれるね。

万葉集の歌数は四五一六首もあるので、「万葉万華鏡」を廻せばまだまだ多くの歌が見えるよ。何、プロローグで名前の出た狭野茅上娘子の歌を知りたい？　巻一五の半分を占める中臣宅守の悲恋物語のヒロインだね。代表作は、何と言っても、宅守が越前の国へ流罪になる時に娘子が「貴方のおいでになる道の、長い道のりを手繰り寄せて畳んで、焼き尽くしてしまうような天の火が欲しい」と歌った、

君が行く道のながてを繰り畳ね　焼き亡ぼさむ天の火もがも　（巻一五・三七二四）

だろうなあ。「ながて」は「長道」のこと。天から火が降ってきて越路を焼き払うなんて現実にはあり得ないことだが、その激情からは宅守との離別の悲痛さが汲み取れるね。

何、ついでに万葉集最後の四五一六首目の歌を知りたい？

それは、夏痩せにはウナギがいいと歌い、政治事件に苦悩した大伴家持が新年を祝って「新しい年の始めの、新春の今日降りしきる雪のように、ますます重なれよ、佳いことが」と歌った、

新しき年のはじめの初春の　今日降る雪のいや重け吉事　（巻二〇・四五一六）

だね。家持が守として赴任していた因幡の国、今の鳥取県の国庁で催された年賀の

祝宴での歌だ。「いや重け吉事」など、万葉集の締めに相応しい歌とも思われるけれども、どうだろうか。鄙の地に追いやられ、雪に埋もれている寂しそうな家持の顔が見えない？　新年の願いの吉事は、都へ帰ることか、大伴氏の繁栄だろうかねえ。

さあ、それでは私たちも「いや重け吉事」と唱えながら、「万葉万華鏡」をひとまずしまうことにしようか。

「初句索引」は236ページから始まります

【か】

初句索引

〈著者略歴〉
山口 博（やまぐち・ひろし）
1932年東京生まれ。東京都立大学大学院博士課程単位取得退学。富山大学・聖徳大学名誉教授、元新潟大学教授。文学博士。カルチャースクールでの物語性あふれる語り口に定評がある。著書に『王朝貴族物語』（講談社現代新書）、『平安貴族のシルクロード』（角川選書）、『こんなにも面白い日本の古典』（角川ソフィア文庫）、『創られたスサノオ神話』（中公叢書）などがある。

装丁　杉山健太郎
装画　山内庸資
本文イラスト　永井秀樹、山本祥子

こんなにも面白い万葉集

2019年11月6日　第1版第1刷発行

著　者　山口　博
発行者　後藤淳一
発行所　株式会社ＰＨＰ研究所
東京本部 〒135-8137 江東区豊洲5-6-52
第四制作部 ☎03-3520-9614（編集）
普及部 ☎03-3520-9630（販売）
京都本部 〒601-8411 京都市南区西九条北ノ内町11
PHP INTERFACE https://www.php.co.jp/

組　版　アイムデザイン株式会社
印刷所　大日本印刷株式会社
製本所　株式会社大進堂

ISBN978-4-569-84550-0

PHPの本

本当の知性を身につけるための中国古典

守屋 淳 著

人間学の原理原則を説いている中国古典。本書はそこに登場する人物に注目し、本当の知性を身につけるために役に立つエピソードを紹介する。

定価 本体一、六〇〇円（税別）

PHPの本

日本は本当に「和の国」か

吉木誉絵　著

なぜ日本人のアイデンティティは「和の精神」なのか。そしてなぜ、いま共同体や自然との和が揺らいでいるのか。渾身のデビュー論考。

定価　本体一、六〇〇円（税別）

PHP文庫

万葉集に隠された古代史の真実

関 裕二 著

『万葉集』は単なる日本最古の歌集ではなかった！「恋の歌は本当は政争の歌だった」など、『日本書紀』が抹殺した本当の歴史に迫る一冊。

定価　本体八〇〇円（税別）